Salomon Hermann Ritter von Mosenthal

Isabella Orsini

Drama in fünf Akten

Salomon Hermann Ritter von Mosenthal

Isabella Orsini
Drama in fünf Akten

ISBN/EAN: 9783743637429

Hergestellt in Europa, USA, Kanada, Australien, Japan

Cover: Foto ©Andreas Hilbeck / pixelio.de

Weitere Bücher finden Sie auf **www.hansebooks.com**

Isabella Orsini.

Drama in fünf Acten,

von

Dr. S. H. Mosenthal.

(Als Manuscript gedruckt.)

Aufführungs= und Uebersetzungs=Recht vorbehalten.

Adolph Sternfeld.

Boston.

Personen:

Francesco de Medici[1]), Großherzog von Toscana.
Bianca Capello, seine Geliebte.
Fernando, sein Bruder, Cardinal.
Isabella, seine Schwester.
Paolo Giordano[2]) Orsini, Herzog von Bracciano[3]), Isabella's Gemal.
Vittorio Capello, Bianca's Bruder,
Troilo Venier[4]), ein Venezianer.
Lelio Torelli, Isabella's Page.
Letizia Frescobaldi, Isabella's Kammerfrau.
Lionardo Salviati, Hofdichter }
Messer Bernardo, Alchymist   } am Hofe Francesco's.
Haushofmeister   }
Savelli,   } römische Patrizier.
Miniati,   }
Messer Tommaso, römischer Bürger.
Savina, eine Goldschmidsfrau aus Rom.
Cecca[5]), ihre Nichte.
Abbate Landi, päbstl. Geheimschreiber.
Titta, Castellan des Schlosses Cerreto[6]).
Römische Patrizier, Geistliche, Herolde, Pagen, Volk.
Hofleute, Pagen, Diener des Großherzogs.

Ort: 1. Aufzug Rom, 2. 3. 4. Florenz, 5. das herzogl. Schloß Cerreto.

Zeit: 1576.

---

[1]) Sprich: Franzschesco de Medidschi. — [2]) Djordano (wie das franz j.) — [3]) Bratschiano. — [4]) Veniér das r hörbar. — [5]) Tschecca. — [6]) Tscherreto.

Erster Aufzug.

Rom, Hof im Capitol. Rechts und links die von M. Angelo erbauten Seitenflügel. Im Hintergrund führt eine breite Stiege zu einer praktikablen Terrasse, von welcher aus man die Aussicht auf das alte Rom hat. Sonniger Morgen. Rechts und links auf der Terrasse Eingangsportale zu den Sälen, von Schweizer Landsknechten bewacht. Links vor der Stiege die kolossale liegende Mars-Statue, Marforio genannt, theilweise verstümmelt. Rechts dritte Coulisse ein Brunnen, Marmorbecken mit den Statuen der Tiber und des Nil. Kostbare Teppiche bedecken die Stiege und hängen auf die Eingangsportale herab, die mit Festons bekränzt sind.

(Rechts und links stets vom Zuschauerraume aus genommen.)

Die Scene ist fortwährend belebt. Auf der Terrasse sieht man Geistliche und Patrizier in Festkleidern theils plaudernd in Gruppen nach der Scene oder nach der Aussicht gewandt, theils geschäftig von dem einen Portale zum anderen gehen. Eine Gruppe junger Patrizier, darunter Savelli und Miniati, links im Vordergrund, zuweilen hinausspähend wie nach einem Erwartenten. Eine Gruppe von Männern, Weibern und Kindern der besseren Volksklasse, darunter der Bürger Tommaso, sind um den Marforio malerisch gelagert.

Erster Auftritt.

Savina, die Goldschmiedsfrau, komisch geputzt, Cecca ihre Nichte, jung und schön, vom rechten Vordergrund.

Savina.

Komm', flink, hinüber an die große Stiege,
Dicht unter den Marforio, da seh'n wir
Der Medicäerin g'rad in's Gesicht
Wenn Sie zur Krönung zieht. Ein selten Schauspiel!
Da wirst du Perlen seh'n und edle Steine,
— Sie war des Florentiners Lieblingskind —
Und echte sind's, nicht solche nachgemachte,
Wie sie der jetz'ge Herzog heimlich kocht.
Was zerrst Du mich am Rock?

Cecca.
Geb't Acht, man jagt uns fort.

Monna Savina,

Savina.
Das möcht' ich seh'n!
Der Cardinal Fernando kennt mich besser,
Hat manch' ein Ringlein bei mir eingekauft,
Das viel zu klein für 'nen Prälatenfinger,
Nenn' ich den nur, so macht uns Alles Platz!
(Gehen hinüber zum Marforio.)

Zweiter Auftritt.
Vorige. **Vittorio Capello**, Bruder Bianca's, überreich gekleidet. **Abbate Landi** (von links im Vordergrund).

Capello.
Der Großherzog erwartet, daß der Pabst
Nicht unnütz länger mit dem Segen zög're
Zu seinem Ehebund mit meiner Schwester.
Er streicht ja sonst den Medici um's Kinn
Und drückt statt auf des Gatten Heldenstirn
Den Lorbeer auf die Dichterstirn der Gattin
(mit einer Börse spielend)
Könn't Ihr der Sache Vorschub thun —

Abbate Landi (fein).
Signor
Ihr müßt Euch an den Cardinal **Farnese** wenden.

Capello (befremdet).
Den Feind der Medici?

Abbate Landi (wie oben).
D'rum eben dürft' er
Der Einz'ge sein, der diesen Bund begünstigt.
(Verneigt sich und geht zur Stiege.)

Capello.
Verfluchter Fuchs! (wendet sich und erblickt in der Gruppe Cecca.)
Sieh' dort die schwarzen Augen!
Wer ist die Dirne?

Savelli.
Nichts für Euch, Capello,
Ein ehrlich Bürgerkind, die beißt nicht an.

Capello.
(Die Börse in die Luft werfend und auffangend.)
Hundert Zecchinen¹) gegen zehn Bajocchi!²)
(Geht zu der Gruppe.)
Miniati (zu Savelli).
Der Lümmel hat's!
Savelli.
Die Schwester hilft's verdienen!
(Gehen nach hinten.)

Dritter Auftritt.

Vorige. Troilo Beniér. Lelio Torelli (in schwarzem Pagenkleid, die Wappen der Medici und Orsini eingestickt³) von rechts im Vordergrund.

Lelio.
Wir sind im Capitol, blickt auf, Signor,
Ich führ' Euch in den Senatorensaal,
Daß Ihr die Krönung seht.

Troilo.
                                Das Capitol!
Die Schwelle, die der große Cäsar trat!
(Lehnt an das Bassin.)
Man krönt? Und wen?

Lelio.
              Sagt' ich's Euch doch zuvor,
Die Dichterin, der Medicäer Schwester,
Die Gattin meines Herrn Paolo Giordano
Orsini, Herzogs von Bracciano, der
Die päbstlichen Galeeren vor Lepanto
Befehligt' und mit Don Juan d'Austria
Den großen Sieg der Christenheit erfochten.

Troilo (höhnisch).
D'rum krönen sie das Weib?

---

¹) Sprich: Zeckinen. ²) Bajokki.

³) 6 Kugeln, die 5 unteren roth, die obere blau mit goldenen Lilien das Medicäer, ein Bär im goldenen Feld das Orsini'sche Wappen.

Lelio.
                    Doch welch' ein Weib,
Seh't Ihr sie erst, so werdet Ihr's begreifen.
Die Grazien haben ihre Marmorstirn
Die Musen ihren Purpurmund geküßt,
Und ihre Lieder singt nicht nur das Volk
Vom Quell des Po bis an Messinas Phar,
Nein, Tasso selbst schätzt ihren Werth so hoch,
Daß er, dem Sproß' Rinald's den Rücken kehrend,
Sich in Armida's Reich zu flüchten droht.

Troilo.
Das ist der rechte Name! Sinnenblendung
Und Höllentrug, das ist des Weibes Sendung.
(Steht auf.)

Lelio (mild).
Ihr seid aus strenger Schule, Messer — darf
Ich Euch um Euer'n Namen fragen? (Pause.)
                    Ihr mißtraut mir,
Und Ihr hab't recht; es ist nicht gute Art
Mit Neugier zu belästigen den Fremden.

Troilo (ihm die Hand reichend).
Sprich nicht von Mißtrau'n, nenne mich nicht fremd!
Du warst mir im Gewirr der fremden Welt
Ein freundlicher, willkommener Gefährte!

Lelio.
Gesteh' ich's nur, als ich zuerst Euch fand,
Zog mich zu Euch ein eigenstes Gefühl,
Wär's nicht so rasch, ich möcht' es Freundschaft nennen.
Und daß Ihr mich vom Haupt zur Sohle kennt
So wisset! Ich bin guter Leute Kind,
Im Dienst' des Herzogs und als schwarzer Page
Madonna Isabella zugetheilt.
Ich heiße Lelio.

Troilo (milder).
                    Und ich Troilo.
Das Weit're, guter Lelio, erlaß mir,
Ich hab' es längst, mit meiner Jugend Glück
Geschleudert in den Abgrund des Vergessens.

Lelio (innig).
Ihr seid nicht glücklich?

Troilo (ironisch).

Glücklich? Wie man's nimmt!
Ich hab' ein Weib geliebt und ward betrogen
Ich hab' den Tod gesucht im grausen Sturm
Der Sarazenenpfeile — und er floh mich!
Was hätte auch nach jenem gift'gen Stoß
Mich noch verwunden können!

Lelio.

Armer Freund!

Troilo (bitter).

O sie war schön, die Schlange, die mich stach!
O dieses Aug'! Nie hat Venedigs Sonne
So fein geschliffenen Kristall bespiegelt,
Und ich, geboren unterm Stern der Liebe,
Ich schmolz in dieses Spiegels Strahl dahin;
Dem Bild von Staub lieh ich den Heil'genschein
Des Ideals, das meine Seele träumte
Und glaubte an das schöne Götzenbild.
Sie aber warf sich einem Florentiner-
'Nem krausgelockten Krämer an den Hals
Und floh mit ihm, wie man von einer Schüssel
Gesättigt zu der nächsten besten geht;
Dann ward der Florentiner abgeschüttelt
Die Schlange häutet sich, gleißt immer bunter
Und setzt zuletzt wie in dem Feenmärchen
Ein gülden Krönlein auf —

Lelio (aufschreiend).

Bianca Capello!

Troilo.

Du nennst den Namen, den ich bei Lepanto
In Blut ertränkt, den ich so tief begrub,
Daß selbst mein Haß ihn nicht mehr treffen kann.

(Milder.)

Du hast mir mit den unbefang'nen Augen
Das Herz, das festverriegelte, erschlossen,
Nun lies darin, was ich von Treue halte,
Nun lies darin, wie ich das Weib verachte,
Nun lies darin, wie ich die Welt verfluche
Und nichts mehr such' als ein ermüdend Handwerk,
Das mir des Lebens leeren Rahmen füllt.

Lelio (herzlich).

O komm' mit uns, und den verlor'nen Glauben
An Treue will ich treu Dir wiedergeben;
O komm' mit uns, wenn Du ein Weib verachtest,
So sollst Du auch ein Weib bewundern lernen.
Komm' mit uns nach Florenz.

Troilo.

Nenn' mir die Hölle,
Nur nicht Florenz, wo jenes schnöde Weib
Zum Hohn der Welt den Herrscherthron besudelt.
Faul ist ein Reich, das gegen solche Schmach
Sich nicht empört. Wohl, Einer hat's gewagt,
Alfonso Piccolomini, der Fürst
Der schwarzen Bande, der von Siena's Schloß
Verderben auf Toscanas Marken wettert.
Man nennt sie Räuber? Rächer nenn' ich sie,
Zu ihres Gleichen fühl' ich mich gestempelt.
(Wendet sich.)
Glocken tönen, Bewegung unter den Patriziern.

Lelio.

Ich laß Dich nicht! Hörst Du, die Glocken rufen
Daß Isabella naht! Bei Gott! Du bleibst!
(Er faßt Troilo's Arm und führt ihn hinter das Marmorbassin, Bewegung auf der Terrasse, der Herzog von Bracciano tritt mit dem Cardinal Fernando v. Medici aus dem Portal links und schreitet die Stiege herab unter den Grüßen der Menge. Der Herzog, Vierziger, spanisch gekleidet, halb gerüstet, der Cardinal, hoher Zwanziger, in violetter Seide. Sie treten vor, alle andern zurück.)

Vierter Auftritt.
Vorige. Herzog. Cardinal.

Cardinal.

So werden wir nach jahrelanger Trennung
Nun Isabella wiederseh'n, der Bruder
Die Schwester und die Gattin der Gemal,
Der Ruhmgekrönte die zu Krönende.
Das schöne Recht sie hieher zu geleiten
Verspart' ich Dir, damit sie überrascht
Den langvermißten Freund zuerst begrüße.

Herzog.
Da man die Rollen ohne mich vertheilt,
So muß ich wohl mich in die meine fügen,
Am liebsten blieb ich solchem — Schauspiel fremd.

Cardinal.
Ein Schauspiel — doch ein Schauspiel auf der Bühne
Die nur Triumphatoren offen steht.
Der edle Gregor, unf'res Hauses Freund
Und Dir, erlauchter Bruder, tief verpflichtet,
Beut Dir als würdigste der Gegengaben
Für Deinen Ruhm die Ehre Deiner Gattin.

Herzog.
Die Ehre einer Frau, erlauchter Bruder,
Kann keinen Schmuck aus fremder Hand empfangen,
Den höchsten Glanz erhält sie durch sich selbst
Der Flitterstaat, mit dem man sie behängt
Ist nicht nach meinem Sinn. Es ist gescheh'n.
Voreilig guter Wille überrascht
Uns oft mit Gaben, die uns unwillkommen,
Und statt erfreut, empfängt man sie verstimmt.

Cardinal.
Man mißt Gefühl mit allgemeinem Maße,
Und wenn, was alle Herzen hocherfreut,
Ein Herz verstimmt, so ist das seine Sache.
Der Musen Gunst gilt, wie der Helden Muth,
In unser'm Land als höchste Göttergabe.
Der zweite Cosimo, mein edler Vater,
Galt als Italiens erster Fürst, weil er
In jenem kleinen Reich, das er beherrschte,
Den holden Musen eine Freistatt schuf;
Und Isabellen, seinem Lieblingskind,
Ließ er den Lieblingstheil von seinem Erbe.
Dem feinen Sinn, das Schöne zu empfinden,
Ein't sie die Macht, das Schöne zu gestalten.
Wenn sie den Tag der Krönung Dir auch dankt,
Die Krone, denk' ich, dankt sie nur sich selbst!

Herzog.
Ich mag nicht streiten über Allgemeines,
Allein was mich berührt, mein Haus, mein Weib,
So darf ich wohl mit meinem Maße messen.

Ich bin ein Kriegsmann. Die Orsini führen
Im Schild den Bären, alt wie Roma's Wölfin,
Der ungeschickt zu leichtem Spiel sich zähmt.
Nur Ein's bemerk' ich noch: Den Schönheitssinn
Den Cosimo den Seinigen vererbt,
Hat Don Francesco übel angewendet!
.(Höhnisch.)
Denn jene Schönheit, der er dienstbar ist,
Hat nicht der Medicäer Glanz erhöht!

Cardinal.

Ich leugne nicht, daß jene Leidenschaft
Die meines Bruders Sinn in Ketten schlug,
Mich selber schwer bedrückt.

Herzog.
Doch nicht so schwer
Daß Du's versucht, sie mit Gewalt zu brechen.

Cardinal.

Gewalt? Das größte Unrecht ist Gewalt,
Denn sie zerstört, was die Natur geboren,
Und was berechtigt ist zu sein und setzt
Für fremden Irrthum oft den eig'nen ein.
Mein Bruder! Wer der alten gold'nen Zeit
Gedanken liest von ihrer Dichter Lippen
Und aus den Zügen der befriedigten
Gestalten, die man Götterbilder nennt,
Der sieht der Menschheit Schwächen milder an
Und Leidenschaften, die wir streng verdammen,
Erscheinen ihm wie einem Gott geheiligt.
So seh' ich die Verirrung meines Bruders
In seines Wesens tiefstem Kern begründet
Und mehr beklagens= als verdammenswerth.

Herzog.

Wenn Dich der Deinen Makel nüchtern läßt;
Was mich beleidigt richt' ich und vertilg' ich.

Cardinal.

Indeß wir zögern hier und Worte wechseln
Kommt Isabella unserm Gruß zuvor.
Dort naht sie schon!

(Wendet sich links, der Herzog folgt.)

Lelio (einen Schritt vortretend zu Troilo).
　　　　　Sie naht, die Herzogin!
　　Savina (in der Gruppe links).
Die Herzogin!
　　Capello (nach rechts Hintergrund gehend).
　　　　　Der Mummenschanz beginnt.
(Die Terrasse hat sich gefüllt, eine Schaar Edelknaben des römischen
Senats bildet Spalier an den Stufen, die Patrizier entblößen
das Haupt.)

Fünfter Auftritt.

Vorige. Isabella, königlich geschmückt, gefolgt von ihren Damen,
darunter die Frescobaldi. Das ganze Gefolge zieht sich während
der kommenden Scene zurück.

　　　　Isabella (dem Cardinal entgegen).
Mein Bruder!
　　　　Cardinal (sie auf die Stirne küssend).
　　　　　　　Theure Schwester!
　　　Isabella (innig).
　　　　　　　Mein Gemal!
　　(Tritt ihm entgegen.)
　　　　Herzog (gemessen).
Ich grüsse Dich. Und wenn ich Deine Hand
Mit Rückhalt vor dem Blick der Menge fasse,
So ist es, weil mir hier die Dichterin
Am Fuß des Kapitols entgegentritt
Und nicht die Gattin an des Hauses Schwelle.

　　　　Isabella (mit Hoheit).
Es war mir nie gegönnt, erlauchter Gatte,
Des Wiedersehens Ort und Zeit zu wählen
Seit jener langen Frist, die uns getrennt,
Und Dir des Hauses Schwelle fremd gemacht.
Der Gattin ziemt es wohl die Frist zu kürzen;
Und wenn nach rauhem Kampf am Friedensfeste
Man Siegespalmen spendet und ein Reis
Von Lorbeer in die Hand des Dichters legt
So ziemt es nicht, die Krone zu verschmähen
Die nur der Muse, nicht dem Jünger gilt.

Herzog (ohne Bitterkeit).

Ich bin so ganz Barbar, daß ich nicht ahnte
Daß meine Gattin für berechtigt gilt,
Hier für Italiens Muse einzusteh'n.

Isabella.

Wer sich bescheiden fühlt in tiefster Seele
Der braucht den Schein des Hochmuths nicht zu fürchten!
Und jenen Kranz, ich würd' ihn nicht empfangen,
Bevor ich Dir, mein Gatte, Dir, mein Bruder,
Enthüllt, was mich zumeist an ihm gereizt.
Wie wagt' ich's je, die Musen zu vertreten
An dieser Stätte, die Petrarc beschritt,
Wo Ariost gekrönt, und wo man eben
Den Lorbeer für die Locken Tasso's flicht!
Allein Italiens Frau'n wollt' ich vertreten,
Und wie die Welt das Weib erniedrigt sieht,
So soll sie auch das Weib erhöht erblicken.
(Innig.)
Was je in mir gedichtet, war — das Weib.
Der Liebe Quell, der Frauenherzen tränkt
Wie Thau die Blüthen und der mächtig schwellend,
Ein Ziel gesucht, das sich ihm selbst entrückt,
Brach sich in klaren Tropfen rieselnd Bahn,
Und jeder Tropfen ist — ein Lied geworden.
So allgemein war der Empfindung Wesen
Daß bald ihr Ausdruck zum Gemeingut ward,
Und jedes reingestimmte Frauenherz
Es dichtet wohl wie ich; nur daß es mir
Die Musen hold gegönnt es auszudrücken.

Herzog (fein).

Wer würde nicht durch solchen Mund bekehrt,
Wenn ich bisher den Musen neidisch war,
So machst Du mich auf sie nun eifersüchtig.
(Küßt ihre Hand.)

Cardinal (lächelnd).

Erfreut seh' ich Euch Hand in Hand und hoffe
(zum Herzog)
Du wirst Dich mit der Muse rasch befreunden,

Siehst Du, wie schön sie Isabella schmückt,
Laßt uns nicht zögern mehr, das Fest beginnt.
(Er wendet sich gegen den Hintergrund. Alles entblößt das Haupt,
Trompetenfanfaren auf der Terrasse, Herolde treten aus dem Portale
links an die Stiege. Der Herzog reicht Isabella die Hand und
führt sie nach rechts sich wendend gegen die Stiege. Troilo ist am
Bassin wie entgeistert gestanden, die Blicke auf Isabella geheftet,
deren Auge einen Augenblick auf ihm ruht. Die Menge drängt
nach bis zur Stiege, die Terrasse leert sich ganz.)

Sechster Auftritt.
Vorige ohne Isabella, den Herzog, den Cardinal.

Lelio (Troilo nachziehend).

Komm, Troilo!

Troilo.

Wer ruft?

Lelio.

Wo bist Du? Sah'st
Du nicht die hohe Frau?

Troilo.

Das ist kein Weib!
Das ist vom Parthenon das Götterbild!

Lelio.

Ich sagt' es Dir!

Troilo.

Was sagtest Du? Was sprach ich?
Ich hab' geträumt, fort, in die Wirklichkeit
Ich weiß was Weiber sind und was sie scheinen.

Lelio.

Der echte Diamant ist was er scheint.
O daß Du ihrer Rede Zauberklang
Durch die der Athem ihrer Seele zittert
Vernommen hättest —

Troilo.

Halb vernahm ich sie,
Es trank der Blick den Rest von ihren Lippen,
Aus ihres Aug's kastalisch reinem Quell

Lelio (entzückt).

Wie! Troilo!

Troilo (unmuthig).

Was quälst Du mich und zwingst mir
Ein Schauspiel auf, das ich mir nicht begehrt.
(Reißt das Wams auf.)
Schwer drückt die Luft und das Gewirr auf mich,
Leb wohl! (Rasch nach links, ihm entgegen tritt)

Capello.

Ei, sieh da! Troilo Veniér!

Lelio.

Veniér!

Troilo (entsetzt).

Capello! Braucht die Wirklichkeit
Dies Bild, aus meinen Träumen mich zu rütteln!

Capello (rob).

Thust Du so fremd? Die Zeiten sind vorbei
Wo man den armen Teufel übersah.
Du brauchst Dich wohl des Landsmanns nicht zu schämen
Jetzt steh'n die Schalen uns'rer Wage gleich.

Troilo (verächtlich).

Glaubst Du? Nun daß die Deine schwerer wiege,
So wirf dies Pfui von mir hinein!

Capello (faßt ihn).

Dies Pfui
Bezahlst Du mir!

Troilo (ihn fortschleudernd).

Hinweg! Zu Deines Gleichen!

Savelli (Capello haltend).

Wer streitet hier!

Capello (sich loswindend).

Laßt mich!

Lelio (faßt Troilo).

Troilo!

Volk (aus dem Hintergrund).

Was giebts?

Messer Tommaso
(hat von der Statue des Marforio eine Schnur mit bunten Zetteln
gerissen und zertheilt die Menge).
Platz! Alles schweigt! Marforio will reden!
      Alle.
Marforio!
    Lelio (zu Troilo rechts).
      So nennt das Volk den Torso
Des Mars vom Forum.
      Alle.
       Hört Marforio!
(Alle kommen vor, in den Vordergrund.)
    Savina (zu Cecca).
Der Kamerad Pasquinos, uns'res Nachbars,
Der am Palazzo Braschi¹) eingemauert;
Der Mund des Volkes, den kein Sbirre stopft.
    Lelio (Troilo fortziehend).
      Komm' Troilo!
(Wenden sich, Troilo bleibt an der Stiege, hinaufblickend, stehen).
    Alle (um Tommaso gruppirt).
Laut, laut Messer Tommaso!
  Tommaso (einen Zettel abnehmend, öffnet und liest).
Es krönt der Papst die Medicäerin,
Den Medicäer krönt Bianca Capello!
    (Gelächter.)
     Savina.
Und auf Schloß Hornberg wird die Krönung sein.
    (Gelächter.)
    Capello (in die Mitte tretend).
Wer schrieb den Schmähvers?
     Tommaso.
      Fragt Marforio!
    (Gelächter).
    Capello (knirschend).
Verfluchter Pöbel!

¹) Sprich: Braski.

Alle.
  Hört! Ein and'res Blatt!

Tommaso (liest einen andern Zettel, den er auf Ungefähr aus der Schnur zog).
Die Bianca will, daß sie Venedig
Zur Tochter von San Marco kröne.
Doch scheut San Marc, obwohl sie ledig,
Die große Anzahl Schwiegersöhne.

Alle.
Ha ha ha ha! Bravo Marforio!

Savina.
Florenz stellt gleich ein halbes Dutzend bei.

Capello (zieht den Degen und zerhaut die Schnur, daß die Zettel fliegen).
Zum Teufel mit den Wischen und mit Dir,
Trasteveriner Schuft!

Tommaso.
  Wer heißt mich Schuft?
Du? Venezianer Kuppler! (stürzt auf ihn zu).

Savelli (Capello haltend).
  Laßt, Capello,
Es ist ein Brauch, ein Mißbrauch, wenn Ihr wollt,
Marforio schimpft auf Alles!

Capello (wild).
  Wie? auf Alles!
Wenn er allein die Schwester mir beschimpft.
(Den Degen einsteckend.)
Ei schöne Gleichheit, wenn man sie verlästert
Indeß man ihres Gleichen dort bekränzt.

Lelio (neben Troilo an den Stufen der Stiege, während das Volk um Tommaso eine lebhafte bewegte Gruppe bildet).
Was war das!

Troilo (der es gehört mit wildem Schritt auf Capello stürzend, bebend).
  Wer spricht hier von ihres Gleichen?

Capello.

Ich, wenn Du's wissen willst! Es weiß die Welt,
Wie keusch die Medicäerinnen sind!
Lucrezia ward als Buhlerin erwürgt,
Und die da hat, so lang ihr Mann entfernt,
Den Musen nicht allein gehuldigt.

Troilo (zieht).
Bube!
Zieh' Deinen Degen!

Lelio und Savelli (dazwischentretend).
Laß'!

Troilo.
Zieh' Deinen Degen,
Soll ich Dich nicht wie einen Hund erstechen.

Alle.
Trennt sie!

Capello (ziehend).
Komm' an!

Savelli.
Die Wachen!

Troilo (fechtend).
Den!

Capello (ebenso).
Und den!

Troilo (wüthend).
Und den

Capello
(den Degen fortwerfend, den Dolch ziehend).
Parir auch den! (er trifft ihn).

Troilo (ebenso).
Bandit, das kann ich auch.
(er trifft ihn, Capello taumelt).
Bist Du nun zahm! Nun widerruf!
Doch nein
Dein Hauch soll nicht den Namen mehr verpesten!

2

Savelli
(um Capello beschäftigt, der das Wams aufreißt und sich die Wunde stopft).

Er ist verwundet, führt ihn fort!

Siebenter Auftritt.

Vorige. Der Herzog auf der Terrasse, ihm folgen Isabella, bekränzt, der Cardinal, Gefolge

Herzog (oben).
Halt ein!
Vom Platze weicht mir Keiner, bis ich weiß,
Ob einer meiner Krieger hier gefrevelt.
(Er tritt vor, Isabella und Cardinal folgen.)

Troilo (auf Lelio gestützt, starrt die Erscheinung Isabella's an)

Herzog.
Entblößte Degen! Dolche, blut'ge Wunden!

Isabella.
Nach so viel Glanz solch schaudervolles Bild!
(Sie verhüllt die Augen.)

Herzog.
Wer hat den Streit begonnen?

Volk.
Der! Capello!

Tommaso.
Er ward gezüchtigt, weil er Euch geschmäht!

Herzog (zuckt zusammen).

Cardinal.
Am Besten wär' es, des Vergessens Schleier
Auf dieses widerliche Bild zu werfen,
Das uns des Festes schönen Einklang stört.

Herzog (mit blitzendem Auge).
Wie! Ich, vergessen, wo man mich verletzt!
Was war's? Capello, sprecht!

Capello (sich windend).

Ich kann nicht reden —
D'rum hab' ich Unrecht, denn — im Rechte bleibt
(lachend) Wer reden kann — und — darf —
führt mich hinaus,
Zu finden wißt Ihr mich! (wird von Sabelli und einigen Andern fortgeführt).

Herzog (ihm nachblickend).

Deß sei gewiß!
(wendet sich rechts zu Troilo)
Sprich Du. Was seh' ich! Troilo Veniér
Der auf dem Dandalo gekämpft, als ich
Die Lommellina führte! Was geschah hier?

Troilo.

Frag' nicht, mein Feldherr! Jener reizte mich
Mit gift'ger Lästerung, die mich betraf,
Mich, mich allein — und wenn ich mich vergaß,
So laß' mich büßen, aber frag' nicht weiter —
(blickt auf Isabella).

Lelio.

Auf meinen Knieen, Hoheit, schwör' ich's Euch,
Bei meinem Leben, daß er n i c h t für sich
Daß er für Eure Ehre eingestanden.
(Allgemeine Zustimmung.)

Isabella (blickt Troilo an).

Seltsam!

Herzog (finster).

Veniér! Du sprachst die Wahrheit nicht?

Troilo.

Nimm meinen Degen, Herzog, nimm mein Leben.
Nur ford're nicht, daß ich — und jetzt — und hier —
(starrt Isabella an.)

Isabella.

Laß', mein Gemal!

Herzog (wild).

Heißt man mich Räthsel lösen?
(zu Troilo)
Dein Feldherr ist's, der Dir befiehlt zu reden.

Troilo (im höchsten Kampf).

Wohlan, der Bube, den ich züchtigte
Hat — das Madonnenbild mit Koth beworfen,
Die Unnahbare mit dem Namen — einer
Verworf'nen Buh —
(er blickt zu Isabellen auf, faßt nach der Wunde seiner Brust und sinkt ohnmächtig in Lelio's Arm).

Lelio.
Troilo!
(Sabina hat ihr Tuch in das Bassin getaucht, Lelio labt Troilo.)

Herzog (eisern).
Ich weiß genug.

Cardinal.

Ich dächte wohl, zuviel! Der heil'ge Vater
Erwartet uns im Vatican. Die Sänfte
Der Herzogin!
(Alles wendet sich, das Volk zieht sich zurück, Isabella steht unbeweglich.)

Herzog (zum Cardinal).
Halt, noch einen Augenblick.
Wer unf're Ehre rächte, hat fürwahr
Erst unsern Dank verdient! (zu Troilo)
Du bist verwundet
Venier?

Troilo (erhebt sich).
Nur leicht geritzt.

Lelio.
Der Schurke griff
Zum Dolch! Allein zum Glück ist nur die Haut
Gestreift!

Herzog (einen furchtbaren Blick hinauswerfend).
Er wird in mir den Richter finden.
(zu Troilo)
Du aber siehst in mir den Schuldner. Sprich,
Vermag ich's, einen Wunsch Dir zu erfüllen?

Troilo (rasch).

Nimm mich in Deinen Dienst!

Herzog.
                                    Zu meinen Dienst!
Zu dienen ward noch kein Veniér geboren.
Ich denke, daß der falsche Sarazen
Nicht lang uns feiern läßt, dann magst Du mir
Zur Seite steh'n auf meiner Lommellina.
Doch heisch' ich einen andern Dienst von Dir,
Den mir kein And'rer besser leisten kann,
Als der für meines Hauses Schild geblutet.
Mich fesselt noch die Pflicht in Rom und keck
Durchstreift der Räuber Piccolomini
Des Landes Marken, reif für meinen Arm!
Du magst mit einer Schaar von meinen Lanzen
Die Herzogin mir nach Florenz geleiten!
Pfleg' Deine Wunden. Isabella komm!
(Er wendet sich, Alle andern desgleichen bis auf Isabella und
Troilo, die wie angewurzelt stehen.)

Herzog (zu Isabella).
Warum noch zögerst Du!

Isabella.
                                    Ich bin verwirrt.
So hätte dieser Tag nicht enden sollen!
(Folgt ihm.)

Der Vorhang fällt rasch.

Zweiter Aufzug.

Schloß und Garten der Herzogin bei Florenz. Links Eingang mit Veranda, von da zieht sich ein Flügel des Palastes nach rückwärts mit zweitem Eingang. Gruppen von Pinien, Lorbeern und Myrthen. Gegen rechts ein Durchblick auf den Arno. Marmorstatuen an der Veranda und in den Lauben. Vor der Veranda eine Orangengruppe mit Sitz. Gegen Abend.

Erster Auftritt.

Die Herzogin in phantastischem Sommerkleid, Letizia Frescobaldi, Lelio, Troilo von rechts aus dem Hintergrund. Diener.

Isabella.

Die Sonne glüht zu heiß noch auf den Arno,
Verschieben wir die Gondelfahrt und ruhen
Hier unter den Orangen.

(Diener breiten Teppiche über die Bank und zu den Füßen und treten ab.)

Frescobaldi.
                    Gott sei Dank!
Laß', hohe Frau, den Arno Arno sein;
Seitdem die Bande Piccolomini's
Bis nach Cerreto streift, athm' ich nur leicht
Wenn uns die Mauern dieses Schlosses schützen.

Isabella (lächelnd).

Ich weiß mir bessern Schutz. Nicht wahr, Venièr?
Die Schreckensmärchen, die man mir erzählt,
Sie sind vor Deinem Namen schon geflüchtet,
Denn uns're Reise glitt so freundlich hin,
So ruhig fühlte sich mein Herz, wie ein
Geborg'ner Bergsee, den kein Windhauch trübt.

Frescobaldi.

So ganz beruhigt, Hoheit, bin ich nicht,
Und soll ich einmal wieder friedlich schlafen,
So bitt' ich, laßt zwei wohlbewehrte Lanzen
Nachts an des Gartens Eingang Wache halten.

Erst heute Nacht, als Alles schlief und ich
An's Fenster spähend trat, sah ich im Zwielicht
Den Schatten eines Mannes, der hier stand
Wie angewurzelt, nach dem Fenster starrte
Und plötzlich, rasch wie ein Gespenst, verschwand.

Lelio (heiter).

Zu Euerm Trost, Donna Letizia,
Kann ich Euch das Gespenst mit Namen nennen:
Es heißt Beniér. (Troilo zuckt.)
       Auch ich sah Troilo
Nachtwandelnd hier im Park, den Blick empor
Gerichtet zu den Sternen und ich rief:
Ha! Beim Apoll! Der dichtet ein Sonett.

Isabella.
Du dichtest, Troilo?

Troilo.
       Ich träumte nur!

Isabella.
Der Träumer dichtet und der Dichter träumt.
Vielleicht gelingt mir's, Dir den Traum zu deuten.
Letizia! Die Laute sende mir!
(Letizia ab, Lelio folgt galant.)

Zweiter Auftritt.

Isabella. Troilo.

Isabella (sich niederlassend).
Tritt näher, Freund. Hier ist's so still und kühl!
Ist es mir doch, als hätten die Orangen
Noch nie so reich geblüht, nie der Jasmin
So süß geduftet, wie in diesem Jahr.
Und jener Lorbeer, der, nur kaum gepflegt,
So üppig wuchert, ruft mir tröstend zu:
Du kannst beruhigt meine Krone tragen,
Was bin ich denn? Ein blüthenloses Reis?

Troilo.
Nicht blüthenlos! an seinen Blättern hängt
Die Wunderblume eines Menschenlebens.

Isabella.
Ist das der Traum, den ich Dir deuten soll?

Troilo (glühend).

Es ist der Traum, den Du mir längst gedeutet
In jener Stunde, welche Dich bekränzt,
Da ward auch mir aus einer Gottheit Hand
Des neuen Lebens frischer Kranz gegeben.
Ich lernte glauben, daß das Ewig-Schöne
Noch heute sich auf Erden offenbart.
Was sich bisher den Sinnen kundgegeben
Versank, wie eine dunkle Nebelwelt,
Und aufgehoben fühlt' ich mich in eine
Verklärte Sphäre reinster Harmonie.
Denn, wie ein sonn'ger Stern nicht sich allein
Nein, eine ganze Welt um sich verklärt,
So wird's in jeder Seele tageshelle,
Die in den Lichtkreis Deines Wesens tritt.

Isabella (zurückhaltend, mild).

Wohl mir, wenn Du bei uns Dich glücklich fühlst,
Ich weiß, wie viel ich Dir zu danken habe.

Troilo (gesteigert).

Du danken! Ach, Du dankst, indem Du bist,
So wie die Rose dankt, indem sie duftet.
So schlürf' ich hier mit neuen, nie geahnten
Organen jenen Rausch von Poesie,
Den Alles haucht auf diesem sel'gen Eiland!
O wer beschreibt die Tage, die ich hier
In Deiner Nähe, Herrliche, gelebt,
Im Kreis von Blumen und von Götterbildern,
Die sich beseelen, Deinem Lied zu lauschen,
Daß das Geheimniß jeder edlen Regung
In holdgemeß'nen Tönen offenbart.
Und ich, der Zweifler an der Gottheit Gnade,
Darf diese Fülle seiner Huld genießen!
O deute mir, was ich nicht fassen kann:
Wenn Leben war, was ich vordem gelebt,
Ist, was ich jetzt empfinde, Traum des Jenseits?
Doch wenn das Heute wirklich Leben ist,
Dann Fürstin lehre mich, was uns der Himmel
Noch Höh'res bieten kann.

Isabella (aufstehend).

                Ich will Dir's sagen:
Dort drüben werden Alle sich versteh'n,

Hier nur die wen'gen gleichgestimmten Seelen,
Und eine selt'ne Huld der Gottheit ist's,
Wenn sich die wen'gen hier schon finden dürfen.
    Troilo (schmerzlich).
Sich finden dürfen und sich trennen müssen!
    Isabella.
Man nennt im Leben nur zu oft v e r e i n t ,
Was Raum und Rücksicht an einander ketten,
Und oft g e t r e n n t, was sich im Geist verband.
    Troilo (leidenschaftlich).
O laß' mich, Herrin, dieses geist'ge Band
Mit allen Fasern meines Seins umklammern,
Laß' mich von dieser sonnigen Höhe nicht
In's Chaos wieder sinken, laß' —
    Isabella (ernst, mild).
        Es liegt an uns,
Des Schönen zarte Welt nicht zu zerstören,
Was auch von Außen drängt, gefährdet nicht,
So lang das Inn're sich sein Gleichmaß wahrt.
    (Sehr innig.)
So laß' uns denn die reine Harmonie
Genießen, jegliches Gefühl verbannen,
Das, uns verwirrend, ihren Zauber stört,
Denn, Freund, die reine Harmonie bedingt
Nicht nur der Töne Klang, nein, auch ihr Maß.
(Sie faßt seine Hand, Troilo steht in ihrem Anblick versunken.)

Dritter Auftritt.
Vorige. Lelio mit der Laute.
    Lelio.
Die Laute, Herrin!
    Isabella (nimmmt sie).
       Gieb! — Ich kann nicht singen!
Seltsam! es will kein Lied sich mehr gestalten,
Seit — seit dem Tage, der mein Lied gekrönt.
    (Die Laute betrachtend.)
Vertraute Freundin! Zürnst du, weil du schweigst?

Vielleicht, wenn ich im traulichen Gemach
Dir schmeichle, sprichst du wieder.
(abgehend, sich wendend.)

Folgt Ihr mir?
(ab in's Haus.)

Vierter Auftritt.
Lelio. Troilo.

Troilo.
Ob ich Dir folge? Fragt man eine Seele
Am Himmelseingang: Willst Du selig sein?

Lelio.
(Der die Herzogin begleitet, rasch umkehrend.)
Freund, eine Botschaft ist für Dich gekommen,
Die unf'res Herzogs Siegel trägt.
(Giebt ihm ein Schreiben.)

Troilo (zerstreut).
Was soll's? (liest.)

Lelio.
Manch' Neues auch erfuhr ich von dem Boten:
Capello, kaum geheilt von seiner Wunde,
Ward todt gefunden auf der off'nen Straße;
(leise) Der Herzog, weiß ich, hält was er verspricht!
Auch scheint man gegen Piccolomini —
(sieht ihn an)
Was hast Du? Troilo, Du zitterst — darf ich
Des Briefes Inhalt —

Troilo (reicht ihm den Brief).
Wenig — und genug
Aus allen meinen Himmeln mich zu reißen.

Lelio (liest).
„Begieb Dich ungesäumt nach Siena, wo
Ich Deiner rasch bedarf.   Paolo Giordano."
Nach Siena! Ja das stimmt, Du sollst den Streich
Ihm führen gegen Piccolomini.
Und deshalb so bestürzt? Fühlst Du Dich noch
Dem Rächer so verwandt?

Troilo.

Ich fühle mich
Mir selbst so fremd, daß ich — bin ich ein Mann!
Den Kampf verlängern heißt ihn nur erschweren,
Laß' meinen Rappen satteln!
(Lelio ab, zweites Thor.)

Troilo.

Paradies!
Von deiner Schwelle scheid' ich, ohne Abschied!
Und was ich mit mir nehme, ist allein
Der ew'gen Sehnsucht ungestilltes Wehe!
(Ab in's Haus, zweites Thor.)
Pause.

Fünfter Auftritt.

Bianca Capello, in dunkeln Farben, prachtvoll gekleidet, tief
verschleiert, von zwei Dienern gefolgt, tritt im Hintergrunde rechts
rasch auf.

Bianca.

Am Arnostrande laßt die Sänfte warten.
(Diener ab.)
(Sie tritt auf die Veranda zu, zögert, tritt vor und lüftet den Schleier.)
Es widerstrebt der Fuß dem eig'nen Willen.
Und doch — Francesco heischt's. Er will die Schwester
Beim Feste seh'n, das mich der Welt verkündigt
Als seine Gattin und Toscana's Herrin.
Ich soll's versuchen, ihren Stolz zu beugen.
So beuge, Herz, den eig'nen Stolz und bettle
Um Freundschaft bei der kalten Gleisnerin,
Bei der Verhaßten! Hassen darfst Du noch,
Wenn Du auch nicht mehr lieben darfst.

Man kommt!
(Verschleiert sich.)

Sechster Auftritt.

Bianca. Isabella auf der Veranda.

Isabella.

Was zögert Ihr? — Wen seh' ich?

Bianca.

Ha! Sie selbst.
(Nähertretend, ruhig.)
Madonna, einen Augenblick Gehör.

Isabella
(die herabgetreten, zur Thür deutend).
Signora — (stehen bleibend)
(für sich) Welch' ein sonderbares Bangen
Erfaßt mich. (Zu ihr gewandt) Wer seid Ihr?

Bianca
(schlägt den Schleier zurück).

Isabella (entsetzt).
Bianca Capello!
(Sie eilt in den Vordergrund.)

Bianca (zu ihr tretend).
Ich bin's, Bianca Capello! (Pause)

Isabella (kämpfend, stolz, kalt).
Laßt mich glauben,
Daß Ihr den Weg verfehlt! (Wendet sich.)

Bianca (ihr den Weg vertretend).
(wild) Verweilt! (Sanft) Ich bitte!
(stolz) Der Botin Eures Fürsten werdet Ihr
Den Weg zu Euerm Ohr nicht verschließen,
Wie den zu Eurer Schwelle der Verwandten.

Isabella (hochaufgerichtet).
Verwandt?

Bianca (ruhig).
Ich bin die Gattin Deines Bruders,
Durch Priesterhand ihm längst schon angetraut
Und darf mich nun vor aller Welt so nennen.
Venedig hat mich wie die Königinnen
Von Ungarn und von Cypern adoptirt
Als Tochter der erlauchten Republik.
Der heil'ge Vater beut mir seinen Segen,
Der Cardinal die brüderliche Hand
Und nächstens an Sanct Stefans Ordensfest
Stellt der Monarch mich seinem Hofe vor.

Francesco wünscht, daß die erlauchte Schwester
Das Fest durch ihre Gegenwart erhöhe,
Und Dein Gemal stimmt seinem Wunsche bei.
Doch ziemt der unverdient vom Glück Erhöhten,
In Demuth fühl' ich es, der erste Schritt,
D'rum leg' ich diesen Wunsch als meine Bitte
Zu Deinen Knieen, erlauchte Schwester, nieder!
(Sie kniet.)

Isabella (zitternd).
Wie ätzend Gift bringt mir dies Wort in's Herz,
Die Tochter Cosimos und ihre Schwester!
Pause.

Bianca (sich rasch erhebend).
Du scheinst für meine Bitte blind zu sein,
Bist Du auch taub für Deines Fürsten Wunsch?

Isabella (mit Hoheit).
Mein Bruder und mein Gatte werden nie
Gewaltsam des Asyles Frieden stören,
Das mich und meine Musen hier umschließt.
Barbarisch ist's, dem Herzen aufzudrängen
Wogegen sich sein ganzes Wesen sträubt.
Wie ich dem Hofe fremd, seitdem die Gattin
Francescos, die erhab'ne Kaisertochter,
Im Grabe ruht, wünsch' ich ihm fremd zu bleiben
Mit keinem Hauch das Fremde zu berühren,
Mit keinem Hauch von ihm berührt zu sein.

Bianca.
So spricht die Dichterin! So spricht das Weib!

Isabella (glühend).
In beider Namen, und mit gleichem Recht.

Bianca.
Fremd sei der Dichterin kein Menschenherz!

Isabella.
So lang ihm heilig, was den Menschen adelt.

Bianca.
Es soll das Weib ein milder Richter sein,
Leicht kann sie selbst ein mildes Urtheil brauchen.

Isabella (wie oben).

Wo Thaten klagen, zeugen und verdammen,
Da urtheilt mild genug, wer sie verhüllt.

Bianca (leidenschaftlich).

Das sollst Du nicht, bei Gott, das sollst Du nicht!
Du sollst den Schleier lüften, eh' Du richtest.
Aus Deiner Dichtkunst wesenlosem Reich
Sollst Du zuerst mit mir herniedersteigen
In eines Menschenherzens Wirklichkeit,
Und wissen was es sündigte und leidet.

Isabella.

Halt ein! (will fort) Genug.

Bianca (sie haltend.)

                  Warum? Weil Dir das Blut
In unversuchtem kühlem Gleichmaß rollt,
Willst Du den Sturm der Leidenschaft verdammen?
Weil Dir die Liebe, ein geflügelt' Kind
Ein gold'nes Saitenspiel im Arm erschien,
Die richten, der sie mit mänad'scher Gluth
Und mit dem giftgetränkten Pfeil genaht?
Du triumphirst — und hast doch nie gekämpft,
Ich überwand; und fragst Du wen? Mich selbst!

Isabella (für sich).

Entsetzlich Weib! Ich wollte sie verachten,
Und fühle nun, daß ich sie fürchten muß.

Bianca (innig).

Ich liebte. Gold'ner Jugendtraum, zurück!
Ich ward dir treulos! Aber — willenlos
Bethört durch Höllenkünste, Zaubertränke.
Bonaventuri hieß der schnöde Räuber,
Der mich hieher gelockt. Ich rang mich los,
Ich warf mich an des Thrones Schwelle nieder,
Und Deines Bruders frost'ges Herz, es thaute
Zum ersten Mal in meinen heißen Thränen,
Ich fand Erlösung, Mitleid, Freundschaft, Liebe!

Isabella
(macht eine abwehrende Bewegung).

Bianca.
Du weißt dies Alles, aber Eines nicht,
Wie ich gerungen, bis des Glückes Fülle
Anstatt zum Stolze mich zur Demuth trieb.
Die Herrin des Monarchen nennt man mich?
Ich ward die Sclavin seines kranken Sinnes.
Mißhandlung trug ich liebend, treu, geduldig,
Aus meinen Träumen selbst bannt' ich das Bild
Der ersten einz'gen, sel'gen Jugendliebe,
Um ganz mich d e m zu weih'n, der mich erhöht.
Und es gelang. Den Dämon seines Herzens
Schlag' ich, wenn auch auf Augenblicke nur,
In Banden, gift'ge Tränke, die er braut,
Entwandt' ich ihm, manch' blut'ges Todesurtheil
Löst' ich von ihm mit meinen Küssen aus.
Mir flucht das Volk — ich bin sein Rettungsengel!
Erst gestern, Isabella, Deinetwegen —

Isabella (rasch).
Wie? Meinetwegen? Sprich!

Bianca.
Erlaß' es mir,
Ich schäme mich, mit dem vor Dir zu prunken,
Was Gott allein bekannt.

Isabella.
Und Meinetwegen?
Sprich, Bianca, sprich, ich bitte Dich!

Bianca (resignirt).
Du weißt,
Daß man um Dich den Bruder mir gemordet.
Der Mörder heißt Veniér!

Isabella (aufschreiend).
Veniér!

Bianca (zuckend, für sich).
Was ist das?
Sie bebt (glühend) für ihn? (Forschend)
Francesco sann auf Rache.

Isabella (mühsam gefaßt).
Man stellt ihm nach —

Bianca (lauernd).
                    Man lockt ihn in die Falle,
In Siena ward der Mörder schon gedungen — —
Ich bat um Gnade und entrang sie ihm.
(für sich) O wüßtest Du, warum?
           Isabella (aufathmend, unwillkürlich).
                              Ich danke Dir.
           Bianca (rechts, für sich).
Welch' sonderbare Ahnung faßt mich an?
Er weilt in ihrer Nähe! Zufall! Zufall!
Du klügster, unbegreiflichster der Götter!
Wenn sie — sei ruhig, Herz! Ihr Blicke, gleitet
Wie Nattern in die Falten ihrer Seele.
           Isabella (links, für sich).
Schütz' ihn, Madonna, daß er jetzt nicht nahe!
           Bianca.
Der Abend sinkt. Ich scheide, Isabella.
Und welche Antwort bring' ich Deinem Bruder?
           Isabella.
Ich will mich mit mir selbst berathen, laß'
Mir kurze Frist.
           Bianca (für sich).
                    So ganz und gar verwandelt!
           (demüthig)
Darf ich die schwesterliche Hand Dir küssen?
           Isabella
           (die Hand ihr lassend, die von dem Kusse bebt).
Leb' wohl!
           Bianca.
Gott wache über Dir! (für sich) und ich!
(Rasch ab nach rechts, Hintergrund.)

Siebenter Auftritt.
Isabella (Abend, transparent, licht).
           Isabella
           (die in sich versunken stand).
Wie ist mir! Welch' ein niegeahnter Sturm
Peitscht alle Wogen meiner Seele auf
Und läßt mich in des Herzens tiefstem Grund
Ein Bild erblicken, Troilo! (erschrocken) Was ist das!

In jenem Augenblick, wo ich um mich
Verfolgt ihn sah, bedroht sein blühend Leben,
Ein Blitz durchzuckte mich, seltsames Räthsel!
Zertrümmert war mein Stolz, zu ihren Knieen,
Zu der Verhaßten Füßen zog's mich nieder
Um ihr zu danken, das sie Ihn verschont.
(vortretend)
Herr meines Lebens! Schütz' mich vor mir selbst!
Denn jetzt erkenn' ich, was ich nie begriff,
Warum die Laute, das beredte Echo,
Des Herzens schwieg, seitdem ich ihn geseh'n.
Nicht mehr das Bild, das farblos allgemeine,
In dem sich jedes Antlitz wiederspiegelt,
Nein, nur ein einz'ges drang in meine Lieder,
Und hielt sie scheu gebannt am Rand der Lippe,
Und starrt mir nun entgegen, wie ein Traum,
Ein bang verwirrender, ein süßer Traum,
Dein Bildniß, Troilo!

Achter Auftritt.

Isabella. Toilo (von links, zweites Thor).

Troilo.
Rufst Du, Madonna?

Isabella (verwirrt).
Rief ich Dir! (gefaßt) Wohl, ich rief Dir, höre mich!
(für sich)
Er muß hinweg! für sein Heil — für das meine!
Du sprachst mir heut', vorahnenden Gemüths
Von Flüchtigkeit der heitern Stunde, sprachst
Von naher Trennung —

Troilo.
Wie, Du weißt —

Isabella (bedeutungsvoll).
Ich weiß,
Daß Deine Gegenwart — gefahrvoll ist.
D'rum, was uns auch das Opfer kosten mag,
Du mußt von hier —

Troilo.
Nach Siena.

Isabella (erschrocken).

Wie? nach Siena?

Troilo.
Wohin der Herzog, Dein Gemal mich ruft.

Isabella (wie oben).
Der Herzog? Mein Gemal?

Troilo.
Ich war entschlossen,
Des Abschieds bittern Kampf mir zu ersparen,
Da zog ein mag'scher Ton, ein mit der Seele
Vernomm'ner Ruf — —

Isabella (zitternd, ihn unterbrechend).
Nach Siena lockt man Dich?

Troilo.
Du wußtest nicht, und dennoch sprachst Du mir —

Isabella (aufgeregt).
Der Herzog ruft? Mißbraucht man seinen Namen?
Ist er mit meinem Bruder einverstanden?
Gleichviel — nur Eines ahn' ich, Ein's ist klar:
Du darfst nicht fort, Dein Leben ist bedroht!

Troilo.
Mein Leben!

Isabella (jammernd).
Und um mich!

Troilo (glühend).
O wär' es so!
Dürft' ich für Dich des Herzens Blut vergießen.

Isabella (bewegter).
O hättest Du es nie gethan, o hätt' ich
Die Stunde nie geseh'n, die mich gekrönt!
Nehmt den unsel'gen Kranz von meinem Haupt,
Was gabt ihr, Musen, mir, das dieser Stunde
Qualvolles Bangen aufwiegt! Troilo,
Sie haben sich verbündet, Dich zu morden,
Sie sprach von Gnade, doch sie täuschte mich.

Troilo.
Wer sprach? Wer täuschte Dich?

Isabella.
Sie war's, die eben schied!
Troilo (verächtlich).
Bianca Capello,
Bianca Capello!
Bianca
(wird einen Augenblick hinter einer Statue rechts sichtbar).
Du kennst sie?
Isabella.
Troilo.
Nein, ich kenne sie nicht mehr!
Wer kennt den ird'schen Staub, der in den Sphären
Des klaren Aethers wohnt? Ich kannte sie.
Ich sah die Welt in trübem Sumpf gespiegelt,
Der Menschheit Moder füllte mich mit Grau'n,
Da sah ich Dich und auf die Kniee sank ich,
Geblendet von der Menschheit lichtem Glanz.
O laß' Dich segnen, eh' ich von Dir scheide,
Du lichtumfloß'nes, holdes Ideal!
Laß' meine Lippe Deine Flügel streifen,
Laß' mich die Hand berühren, die geweihte,
Die alles Irdische von mir gelöst.
(faßt ihre Hand, glühend)
O Isabella, Herrin, Göttin, Muse,
Du angebetete, geliebte!
Isabella (sich losreißend, bebend).
Schweig'!
Troilo (glühender).
Nenn' mir ein Wort, das Sterbliche nicht sprechen,
Und ein Gefühl, das Menschen nicht erfassen,
So weißt Du, was ich sagen will und fühle!
(Er stürzt auf die Knie.)
Isabella (bebend).
Zurück! Was wagst Du, Rasender. Du kniest
Vor Deines Herrn, vor Deines Freundes Weib!
Jetzt scheide, geh', und wär' es in den Tod.
Troilo.
Wo war ich, ew'ge Mächte, sie erbleicht,
Sie wankt —

Hinweg!   **Isabella** (zur Bank wankend).
           Troilo.
                        Ich gehe, in den Tod!
           (wendet sich.)
                Isabella (ihm nachstarrend).
Veniér! Er geht. Bleib', Troilo! Nein, fort!
       (Troilo bleibt im Hintergrund, stürmisch bewegt.)
Madonna, welches Schreckbild faßt mich an,
Sie lauern, fassen ihn, erwürgen ihn,
Mit bleichen Lippen, mit erlosch'nem Blick,
Das duft'ge Lockenhaar von Blut getränkt,
Liegt er vor mir. Wo bist Du, Troilo!
(sie wendet sich, erblickt ihn und zieht ihn in den Vordergrund)
Nicht für mich sterben sollst Du, leben, leben!
Gott, wie geschieht mir, die Besinnung läßt
Die Zügel fallen, und mit fliegenden Mähnen
Braust der Gefühle rasendes Gespann,
Und siegestrunken trägt es Dir entgegen
Mein ganzes Herz und meine ganze Liebe.
               Troilo (außer sich).
Du liebst mich, Isabella!
               Isabella.
                            Troilo!
           (sie fliegt in seine Arme.)
       Pause. Isabella hat sich losgewunden.
               Troilo (mit Größe).
Leb' wohl! Nun sieh' mich ohne Bangen scheiden.
Der Inhalt meines Daseins ist erfüllt,
Und leere Namen sind mir Tod und Leben.
Denn in der Hölle tiefstem Grunde selbst
Bleibt doch der Himmel dieser Stunde mein.
               (Er stürzt ab.)

Neunter Auftritt.
       Isabella. Bianca.
               Isabella.
War das ein Traum! (Erblickt Bianca.)
       Wen seh' ich! Bianca, Du!
           (steht erstarrt.)

Bianca (lächelnd).
Ich harrte, bis Du Dich mit Dir berathen.
Sei ruhig, Schwester, mir darfst Du vertrau'n.
Es muß das Weib ein milder Richter sein,
Weil leicht sie selbst ein mildes Urtheil braucht!
Komm' an mein Herz!

Isabella
(sinkt halbtodt an ihre Brust).

Bianca.
Du kommst zu meinem Feste?

Isabella (mit sterbender Stimme).
Wohin — Du willst — ich bin in Deiner Hand. —
(wankt ab).

Bianca (begleitet sie und verneigt sich tief, dann vorstürzend).
Ha, stolze Diana, die mit ihren Hunden
Mich erst gehetzt, bist Du nun zahm geworden!
Vertraue mir, Du sollst mich kennen lernen.
Und Du, Verhaßter, einzig je Geliebter!
Ein Sumpf war Dir mein Herz, voll Grau'n und Moder?
(hoch aufgerichtet)
In diesem Sumpf erstick' ich Dich — und sie!
(rasch ab).

Der Vorhang fällt.

Dritter Aufzug.

Palazzo Pitti in Florenz. Geschlossenes Gemach, nicht zu tief. Prächtigster Renaissancestyl, Marmorfriese mit mythologischen Figuren, eine große Mittelthür reichster Arbeit, zwei Seitenthüren, über welche schwere orientalische Vorhänge fallen, ähnlicher Fußteppich. Links ein Kamin mit klassischen Broncen und antiken Girandolen mit brennenden Kerzen, Rechts eine Credenz mit getriebenen Prachtgefäßen. Dem Kamin zunächst ein Ruhebett, reiches Goldgestell, orientalisches Gewebe, zu Füßen ein Tigerfell. Davor ein entsprechender kleiner Tisch. Auf der Credenz brennende Girandolen, an beiden Seiten der Mittelthür hohe Candelaber, angezündet. Sessel, im Styl des Ruhebettes, im Zimmer vertheilt.

Erster Auftritt.

Francesco de Medici (hager, zerfallen, dünnes, emporgesträubtes, in's Grauliche spielendes Haar, fahlgelber Teint, spanische Tracht) auf dem Ruhebett gekauert. Links vor ihm Messer Bernardo, der Alchymist (Vierziger, kurzes schwarzes Haar, gelber Teint, schwarze Kleidung) ein Mosaikbild in schwerem Rahmen haltend. Rechts Lionardo Salviati, der Hofpoet (Greis, schwarz gekleidet) ein Buch in der Hand. Vor der Credenz Bianca, königlich geschmückt, mit bloßem Nacken und nackten Armen, vor einem Spiegel beschäftigt.

Francesco (das Bild betrachtend).
Der Carneol ist fahl, heraus damit!
Das ist vom Fisch das Fleisch und nicht vom Menschen!
(Er kratzt darnach.)
Bernardo (zurückziehend).
Gedulde Ew. Hoheit!
Francesco (grimmig).
　　　　　　Was? Geduld!
Soll ich das ganze Machwerk Dir zerschlagen?
Wenn ich's erfand, Gestalten Ghirlandajos[1])
Musivisch zu verewigen in Steinen,
Und ihr statt eines Amors einen Lachs —
Aus meinen Augen, fort, Du bist ein Stümper.

---

[1]) Sprich: Girlandajo.

Mein Fürst —
Bernardo.

Francesco (sich aufbäumend).
Was murrst Du?
Bianca (tritt hinzu).
Mein erlauchter Freund!
Francesco (wild).
Wer redet hier?
Bianca (hinter dem Ruhebett, die Hand auf seine Stirn legend).
Wie Deine Stirne glüht!
Francesco (stößt sie fort).
Die Hand weg! Candia!
Bianca (zögernd).
Willst Du nicht — —
Francesco (blitzend).
Candia!
Bianca
(geht zur Credenz und setzt einen goldenen Krug und 2 Pokale auf eine goldene Platte).
Bernardo.
Das Wort ist hart, mein Fürst! Um einen Stein,
Der rasch ersetzt —
Bianca
(mit dem Wein vorkommend).
Messer, Ihr seid verwegen,
Das Künstlerauge meines Herrn zu meistern!
Hier, mein geliebter Fürst!
(Setzt die Platte auf den Tisch).
Francesco (leert den Pokal).
Salviati (für sich).
Nur Oel in's Feuer!
Bianca
(über das Ruhebett vorgebeugt).
Ist's nicht das Bild, das Du nach Portugal
Für König Dom Sebastian bestimmt?

Salviati (für sich).
Der ihm die Galeonen Pfeffer sendet.

Francesco.
So ist's! Zerschlag's! Ich will es nicht mehr seh'n!

Bernardo
(nimmt das Bild und will ab nach rechts).

Francesco.
Hast Du die Diamanten eingeschmolzen?

Bernardo.
Noch ringt die Wissenschaft —

Francesco.
Mit Deiner Dummheit!
Die Erde von Puzzoli, die ich grub,
Ist sie geformt, gebrannt? Werd' ich's erleben
Die Schüsseln China's täuschend nachzubilden?

Bernardo.
Es ist versucht, wenn auch noch nicht erreicht.

Francesco (gebieterisch).
Drei Wochen Frist! Sonst seh' ich in der Probe
Nur den Betrug! Hinweg!
Bernardo ab nach rechts.

Zweiter Auftritt.
Vorige ohne Bernardo.

Francesco (sich zurückwerfend).
O Cosimo,
Beglückter Vater! Gieb mir Deine Freunde,
So bin ich Deiner Größe auch gewiß!
Salviati!

Salviati.
Serenissimus!

Francesco.
Was ist's?
Was hörst Du von Ferrara?

Salviati.
                                    Taſſo ſchweigt.
Ich habe Deinen Wunſch ihm ausgeſprochen,
Und daß er kein Verlangen hegen könne,
Dem Deine Großmuth eine Grenze ſetzt.
Das warme Fürwort meines holden Zöglings,
Der Fürſtin Iſabella —

            Bianca (höhniſch).
                            Ei, Meſſere,
Auch einen Bürgen für des Fürſten Wort!

            Francesco (knirſchend).
Genug! (Stürzt einen Becher Candia hinunter.)

            Salviati (würdevoll).
        Mein Fürſt! Empfange dieſes Werk,
Boccacio's unſterbliches Gedicht,
D'rin ich das Gold geläutert von den Schlacken.
Kein lüſtern Bild mehr ſchmälert den Genuß
Und in der Reinheit Deiner toskiſchen Zunge
Steht es nun da, ein leuchtendes Geſtirn,
Das Taſſo's meteoriſch Licht verdunkelt.

            Francesco (verächtlich).
Was ſoll mir der caſtrirte todte Mann?
Zwing' Deinen Neid, ſchaff' den lebend'gen her,
Ich will nicht, daß er nur dem Eſte leuchte.
Wer gab Auguſt den ew'gen Glanz? Virgil,
Und ſeine Proſcriptionen ſind vergeſſen!

            Bianca.
Mein Freund weiß echten Dichterwerth zu ſchätzen,
Schilt ihn die Aftermuſe auch Barbar.

            Francesco (aufſchnellend).
Wer nennt mich ſo?

            Bianca.
                Nun, die gekrönte Schweſter.

            Salviati
                (horcht aufmerkſam).

            Francesco.
Die? Ha! was zuckt mir da! (Greift an die Bruſt und ſinkt um.)

Bianca.
　　　　　　Um Gott! Mein Gatte.
(Sie winkt Salviati, der zögernd abgeht und einen Augenblick hinter dem Vorhang rechts sichtbar bleibt).

Dritter Auftritt.
Francesco. Bianca.

Eis! Eis!　　　**Francesco** (schreiend).

Bianca
(ist zur Credenz geeilt und bringt ein Becken mit Eis, vor dem Ruhebett knieend).

Francesco
(fährt mit den Händen hinein und bedeckt sich die Stirne damit).

Bianca
(mit ihrem Tuch seine Stirn trocknend).
　　　　Mein einz'ger Freund! Laß' nicht die Sinne
In alle höchsten Regionen schweifen,
Du reibst Dich auf!

Francesco.
　　　　　　Die Halbheit ist mir Gift.
Wie heißt mein Wahlspruch: Majestate tantum!
(Richtet sich auf.)

Bianca
(ihn schmeichelnd niederziehend).
Ruh' einen Augenblick, dann schmück' ich Dich
Zum Ordensfest.

Francesco.
　　　　　　Du hast Dich schon geschmückt
Und Dir das Haar besät mit Diamanten,
Ein halbes Peru!

Bianca (kokett).
　　　　　　Majestate tantum!
Am liebsten wär' ich bei dem Ordensfest
Im Scapulier der Dienenden erschienen,
Zum Zeichen, daß ich demuthsvoll empfinde,
Zu welchem Glanz der Meister mich erhöht!
(Sie sinkt auf das Tigerfell und bedeckt Francesco's Hände mit Küssen).

Francesco (lüstern).
Wie Deine Reize dieser Glanz erhöht!
Allein beim Kreuz! Er hat mich viel gekostet,
Des Pabstes Segen frißt mir an den Marken
Ein Fürstenthum, und meines Bruders Freundschaft
Den halben Staatsschatz auf, und Dein Venedig
Hat für die Vaterschaft sich die Galeeren
Des Stefansordens klüglich ausbedungen,
Der alte Fuchs, Sebastian Beniér —
   (springt, von dem Namen getroffen, auf.)
         Bianca (links, für sich, bewegt).
Beniér! Der Name macht das Herz noch zittern,
Und Haß und Liebe ringen. Troilo!
Du nicht, sie soll allein das Opfer. sein!
         Francesco (der auf und abging).
Beniér! So ist's. (Mit verbissenem Grimm.)
         Ist der verschlag'ne Doge
Verwandt mit jenem — Buben? Sprich!
         Bianca (zögernd).
              Sein Neffe
Ist's, der, so sagt man, meinen Bruder schlug.
         Francesco (lachend).
Dafür versprach ich Dir, ihn zu vernichten.
         (Schrecklich.)
Doch was ersinn' ich jetzt, da er die Schwester,
Da er den Namen Medici entehrt!
         Bianca.
Mein Gatte — er —
         Francesco (wie oben).
            Wie war's, was Du berichtet?
Daß schon Pasquino und Marforio
In Zotenversen ihren Namen höhnen!
Den Namen Medici!
         Bianca (die Arme erhebend).
              Barmherzigkeit!
         Francesco
     (die Nägel in ihren Arm schlagend).
Ha, regt sie sich, die venezian'sche Dirne
Und kuppelt für die Ehebrecherin.

Bianca.
O welch' ein Wort, mein Abgott, mein Gemal,
Die Schwester war's allein, die ich betrauert.
Francesco.
War nicht Lucrezia auch meine Schwester?
Und als ich sie der Buhlschaft schuldig fand,
Ließ ich sie Nachts in ihrem Bett erwürgen.
Kein Makel auf dem Namen Medici!
Die Halbheit ist mir Gift.
Bianca.
Ja, Du bist groß
Wie Brutus, der sein eigen Blut gerichtet.
(Glühend.)
O hättest Du geseh'n, wie ich im Staub
Auf Knien vor ihr lag, und wie sie stolz
In ihrer Dichtkunst Mantel eingehüllt,
Die Flehende mit ihren Füßen trat,
Und höhnisch ihres Fürsten Wort verwarf.
Fremd sei'st Du ihr, ein Pesthauch sei die Luft,
Die Deines Hofes Kreis vergiftend athme!
Und in derselben Stunde sah ich sie
In ihres Buhlen Arme glühend fliegen
Und ihrer Musen ganzen Katalog
Herstammeln in dem brünst'gen Wort: Ich liebe!
Und dann, entlarvt, stieg sie zu uns herab
Und weigert nicht den Wunsch mehr dem Barbaren!
Francesco (lachend).
Barbar! Ein trefflich Wort! — Es wird Dich treffen!
(Er läutet.)

Vierter Auftritt.
Vorige. Haushofmeister.
Francesco.
Von Siena keine Botschaft?
Haushofmeister.
Eben hält
Ein Cavalier, verhüllt in schwarzem Mantel,
Verlarvt am Seitenthore des Palastes,
Der ungestüm nach Ew. Hoheit fragt.

Francesco.
Gab er die Losung?
Haushofmeister.
Majestate tantum.
Francesco (wild).
Er ist's! Nur her! (Haushofmeister ab.)
(Zu Bianca) Du geh', laß' uns allein.
Bianca (für sich).
Ich zitt're —

Francesco.
Soll ich's zwei Mal sagen? fort!
Bianca (zurückkommend).
O schone Dich für Deine arme Bianca,
Die Einz'ge, die Dich liebt, wie ihren Gott!
(Ab nach links, einen glühenden Blick nach rechts schleudernd).

Fünfter Auftritt.

Francesco (am Ruhebett stehend).
Barbar! Ein gift'ger Schmähwort hat der Haß
Für einen Medici noch nie ersonnen,
Es schüttelt mich, wie moskovit'scher Frost!
(zieht das Tigerfell über die Knie, in sich gekauert)
Mich reut's, daß ich ihn rief. Ein Tropfen Gift,
Gesegnet in Bernardo's Hexenküche,
That auch den Dienst, doch besser! Klare Rechnung
Hält gute Freundschaft. Ja, wir theilen, Bruder,
Die eine Hälfte Dir, die and're mir.
(den Eintretenden erblickend, aufspringend)
Paolo Giordano! Endlich! Sei gegrüßt!

Sechster Auftritt.

Der Vorige. Der Herzog, in schwarzem Mantel, Reiterkleid, von rechts. Francesco fliegt ihm entgegen und küßt ihn wiederholt.

Herzog.
Sei mir gegrüßt, Francesco! Dieses endlich
Befremdet mich, wie Deine ganze Botschaft,
Die mich so rasch und so geheimnißvoll
Von Siena ruft —

Francesco.
                    Du bist vom Ritt ermüdet?
Nimm einen Trunk. Ich mache selbst den Schenken,
Daß uns kein Zeuge störe. (Schenkt ein.)
                    Herzog.
                              Spar' die Mühe,
Ich dürste nur, die Nachricht zu empfangen,
Die „mich so tief berührt."
            Francesco (einen Becher leerend).
                              Was wollt' ich sagen?
Eh' ich's vergesse. Dich gelüstete
Mein Schloß im Wald, mein Poggio Baroncello,¹)
Nimm es als Gastgeschenk, Du bist mein Gast,
Mein Hochzeitsgast, auch Don Fernando, hör' ich,
Will uns zum Feste heute überraschen.
                Herzog (befremdet).
Nun denn, bei Christi Blut! Kam ich von Siena,
Wo einen ernsten Schlag ich vorbereitet
Auf jenen Räuber, der Dein Land verheert,
Um hier auf Deinem Hochzeitsfest zu tanzen
Und Poggio Baroncello einzustecken!
Geheimnißvoll, vermummt, auf dunklen Wegen
Empfahlst Du mir zu kommen, und ich kam,
Ich that es, weil ich's that. Nun mach' ein Ende!
Und sprich, warum?
                Francesco.
                        Bist Du allein gekommen?
                Herzog (gleichgiltig).
Mit einem zuverlässigen Begleiter,
Der mich vertreten wird, hier oder dort,
Mein Kriegsgefährte Troilo.
              Francesco (teuflisch lachend).
                              Beniér!
Wo ist er?
                Herzog.
                      Im Casino di San Marco
Gewärtig meines Winkes.

¹) Sprich: Barontschello.

Francesco (wie oben).
                              Bravo, Bravo!
Herzog (auf ihn zutretend).
Beliebt es Eurer Hoheit, mich zu foltern!
                    Francesco (süß).
Was, foltern! Wenn ich Dir das Gift versüße,
Als Fürst und Bruder Dir vertrauen will,
Was grell und rücksichtslos sonst das Gerücht —
                    Herzog (innerlich bebend).
Gift! Rücksichtslos? Gerücht? — Mit einem Wort —
                    Francesco.
Mit einem Wort: Man hintergeht Dich.
                    Herzog.
                              Wer?
                    Francesco.
Dein eigen Weib und leider meine Schwester,
Von Lieb' entbrannt, verschenkt sie ihre Gunst —
                    Herzog.
Wem?
                    Francesco.
Deinem zuverläß'gen Freund Veniér.
                    Herzog
                    (starrt ihn unbeweglich an).
                    Francesco.
Du schweigst? Du zweifelst?
                    Herzog (ihn messend).
                              Zweifeln? Eh' ich noch
Der unerhörten Klage näher trete,
Fällt mir der unerhörte Kläger auf.
                    Francesco.
Weil ich ihr Bruder bin? Ich bin ein Fürst,
Der seines Hauses Ehre —
                    Herzog.
                              Seines Hauses?
In welchem die Capello thront?

Francesco (fest).
                              Was weiter?
Seit sie mein Weib ist, ist sie vorwurfslos,
Und das Vergang'ne deckt der Herzogsmantel.
Doch wo der Ehe Sakrament verhöhnt,
Daß schon der Pöbelwitz in seinen Liedern
Auf meinen Namen und den Deinen reimt —

Herzog (zuckend).
Wahnwitz! Und ich, ich hätte nie ein Wort —

Francesco.
Die Gatten sind die Letzten, die es hören.

Herzog (einen Augenblick glühend).
Du weißt —

Francesco.
          Verdammt' ich, wenn ich zweifeln dürfte?
Willst Du Beweise?

Herzog.
                              Nein.

Francesco.
                              Ich habe sie,
Und wollte ohne Dich mein Richteramt
Verwalten und den Schild der Medici —

Herzog.
Der Medici? Sie waren Pfefferkrämer,
Als die Orsini Fürstenkronen trugen!

Francesco
(zuckt zusammen).

Herzog.
Wenn hier ein Name zu entsühnen ist,
So ist's der meine. Bei'm lebend'gen Gott!
Es soll mir Keiner an dem Opfer rühren,
Als ich allein! Mein Fürst, vernimm ein Wort:
Du hast vor einen Abgrund mich geführt,
Aus dessen Tiefen Tod und Hölle gähnt,
Für diesen — Liebesdienst — nimm meinen Dank.
Doch keinen Schritt will ich begleitet sein.
Und sei gewiß, daß ich dein Recht nicht schmäl're,
Denn auf Cerreto bin ich Souverain.

Francesco.
Doch was Veniér betrifft?
Herzog.
Ich schenk' ihn Dir,
Doch morgen erst, heut' könnt' ich ihn bedürfen.
Francesco.
Schon Recht. (Sich die Hände reibend.)
Der Fuchs Veniér, der heimlich lacht,
Weil er mir die Galeeren abgeschwindelt,
Soll nicht allein mehr lachen, hi, hi, hi,
(er lacht, plötzlich wie erstickend)
Was zuckt mir da, die venezian'sche Hexe
Hat mich im Wein vergiftet!
Herzog (ohne sich zu rühren).
Du bist krank.
Francesco (aufschnellend).
Krank! Glaubt Ihr? Kommt vielleicht der Cardinal
Die Krone gleich auf seinen Hut zu stecken?
Ich bin gesund. Ich schmücke mich zum Fest.
Das leid'ge Fest. Könnt' ich wie Kaiser Carl,
Mein Großohm, lieber in ein Kloster gehen
Und ganz der Kunst und ganz dem Glauben leben!
Mit Widerwillen — Majestate tantum!
Auf Wiederseh'n! Wir zwei verstehen uns!
(Ab nach links.)

Siebenter Auftritt.
Herzog allein.

Herzog (langsam vortretend).
Es wäre möglich? Möglich? Warum nicht?
Verlöschen Sonnenwelten, deren Lauf
Man durch Jahrhunderte gemessen hat,
Und plötzlich, unbegreiflich — möglich doch.
Doch ist es wahr. Wer giebt mir den Beweis?
Doch nicht wie ihn die blöde Menge heischt;
Ein Wort, selbst eine That beweist mir nicht
Die Schuld, die höchste, der ein Weib verfällt,
Wenn ihre Seele treulos wird dem Gatten.
Doch wer enthüllt die Sphinx der Frauenseele,

Die eingehüllt in hundertfält'gen Schleier
Unnahbar, ihre ew'gen Räthsel spinnt?
Wie? Soll ich fragen? Um auf's Neu' zu zweifeln,
Und wie der Wuch'rer am Rialto fein
Die Münzen wägen? Nein, mit einem Schlag
Zerrissen sei das Netz und heut' noch, jetzt!
Wen nehm' ich zum Verbündeten? Den Schmerz!
Rasch, heimlich, tückisch nagt er wohl die Banden
Der Fassung und des klügsten Willens durch.
Ich will's versuchen. Läßt er mich im Stich,
Dann sei mein zweiter Helfer Du, o Freude,
Du bist der Blitz, dem keine Schranke trotzt.
Mein Herz sei unpartheiisch. Sie allein
Soll ihre Klägerin und Zeugin sein.
(Ab nach rechts.)
Symphonische Musik hinter der Scene.

Achter Auftritt.
Haushofmeister und Diener durch die Mitte.

Haushofmeister.
Die Thüren auf! Es soll kein Raum verwehrt
Dem heitern Feste sein! Noch mehr der Kerzen!
(Die Vorhänge werden zurückgeschlagen, man erblickt bis zur Tiefe des Theaters den erleuchteten Festsaal, die Diener bringen neue Girandolen, der Haushofmeister ordnet die Möbel und stellt die früher benützten Trinkgefäße zurück. Musik fortwährend, leise. Gruppen von Herren und Damen, Ordensrittern, Pagen, sichtbar.)

Neunter Auftritt.
Der Vorige. Salviati, durch die Thüre rechts.

Salviati (zum Haushofmeister).
Um Gott! sagt an, ist Donna Isabella
Schon bei dem Feste?

Haushofmeister (beschäftigt).
Noch sah ich sie nicht.

Salviati (im Vordergrund).
O Mutter Gottes, laß' den Fuß ihr straucheln,
Bevor sie ihn auf diese Schwelle setzt.
Was hab' ich hören müssen, willenlos
An dieser Hölle Pforte angewurzelt!
Das Zeugniß einer Buhlerin genügt
Die Tochter Cosimo's dem Tod zu weih'n.

Haushofmeister (zu den Dienern).
Sorbets! (Fanfare ertönt. Hinausblickend).
Dort seh' ich, Messer Lionardo,
Die Herzogin am Arm des Cardinals.
(Geht hinaus.)
Salviati.
Sie ist es! An dem Arm des Cardinals!
Gott sei gepriesen, daß ich ihn noch fand
Und ihm, was mir der Zufall übergab,
Als Beichtgeheimniß anvertrauen konnte.
Mag er die Schwester schützen, wenn er kann.
Und diesen Hof zu preisen bin ich da!
In's Feuer, Lionardo, Deine Verse!
(Man erblickt den Großherzog Francesco im Ordensornat, Bianca, Isabella, den Cardinal Fernando, in einer Gruppe von Gästen. Als der Großherzog sich wendet, bedeutet der Cardinal Isabella und tritt mit ihr vor. Die Andern verschwinden im Saal; Salviati ist an der Mittelthür ihnen begegnet, einen flehenden Blick auf den Cardinal werfend.)

Zehnter Auftritt.
Isabella. Cardinal.
(Musik kaum hörbar.)

Cardinal.
Laß einen Augenblick mit Dir allein —

Isabella (aufgeregt).
O wie ich ihn ersehne, mein Fernando!
Mir war's, als ob ich meinen Schutzgeist fände,
Als ich Dich sah in dieser fremden Welt —

Cardinal.
Als ich zuletzt in Rom Dich sah, so heiter,
So selbstbewußt, so sicher, Isabella,
Trugst Du den Schutzgeist in der eig'nen Brust.
Ich sehe Dich bewegt, verwirrt, beklommen,
Und fremder, als die Welt, scheinst Du mir selbst.

Isabella (bewegt).
O daß ich in Dein Herz, geliebter Bruder,
Mein überfluthendes ergießen dürfte!

Daß ich Dir sagen könnte, was es kämpfte
Und was es litt, bevor Du hier mich siehst.
Mehr als verwirrt, Du siehst mich hilflos, rathlos,
Und Du allein kannst —

Cardinal.

Rathen? Und wozu?
Den Rath, selbst aus des treu'sten Freundes Mund,
Man hört ihn an und folgt dem eig'nen doch.
Doch suchst Du Hilfe —

Isabella (ängstlich).

Hilfe? Gegen wen?

Cardinal (sie fixirend).

Ich kann und will nicht in Dein Inn'res dringen.
Ich zweifle nicht an Deinem edlern Sinn,
Doch die Verderbtheit, die Genossen sucht,
Nimmt auch den Schein nur für die That schon hin.
D'rum nur ein Fingerzeig! Droht Dir Gefahr,
So denk' an uns're königliche Muhme
Von Frankreich, Catharina Medici.
Hast Du Livorno nur erreicht, so schützt Dich
Der Pavillon von Frankreich.

Isabella (bebend).

Großer Gott!
Gefahr? Und Schutz? Und Flucht — Fernando, sprich!

Cardinal.

Ein heil'ges Siegel schließt den Mund mir zu.
Wir sind bemerkt. Du weißt nun. Eines noch:
Bemeist're Dich! An Deinem Munde hängt
In dieser Stunde Tod und Leben.

Isabella (wankend).

Jesus!

Eilfter Auftritt.

Die Vorigen. Francesco, Bianca, von Pagen begleitet,
Frescobaldi (die auf Isabella zugeht) nähern sich. Musik schweigt.
Haushofmeister und Diener tragen Schüsseln und Trinkgefäße durch
den Saal.

Francesco.

Die lästige Ceremonie vergönnt uns
Kaum einen Augenblick für unf're Lieben!

Bequemt Euch, lieber Bruder, theure Schwester,
An meine Seite, Isabella! Wohl!
Seit langer Zeit zum ersten Male seh' ich
Die Kinder Cosimo's vertraut, vereint.
(Setzt sich mit Isabella links, Cardinal und Bianca rechts,
Frescobaldi steht hinter Isabella.

Bianca.
Daß ird'sche Freude immer unvollkommen
Fühl' ich, da wir den Bruder noch vermissen,
Den Helden von Lepanto, Deinen Gatten!

Francesco.
Ich lud ihn dringend ein. Was sagst Du, Schwester,
Wird er uns überraschen? Hast Du Kunde?

Isabella.
Die letzte Nachricht kam von ihm aus Siena,
Ein kurzes Wort, er lebt nur seiner Pflicht.

Francesco.
Ein echter Mann, der seine Pflichten kennt.

Lelio (in der Mittelthür).
Der Herzog von Bracciano!

Francesco.
    Wirklich hier!
(Steht auf, Alle andern desgleichen.)

Isabella (für sich).
Giordano hier! Die Warnung, die Gefahr!
Jetzt ahn' ich's! Troilo! Nun ist's um Dich
Und mich gescheh'n!

Frescobaldi.
    Madonna! Du erbleichst.

Isabella.
Nichts, nichts, die Hitze — (stützt sich auf sie).

Frescobaldi.
    Deine Hand ist Eis.

Isabella (leise).
Nur einen Tropfen —

Frescobaldi (leert ihr Flacon).

Isabella (für sich).
    Fest, mein Herz, sei Stein!

Zwölfter Auftritt.

Die Vorigen. Herzog. Lelio.

Herzog
(zu Francesco, der ihn umarmt).

Du riefst, ich kam. Laß' mich der Erste sein,
Der Deiner Gattin seinen Glückwunsch beut.
(geht auf Bianca zu, die sich verneigt)
Und die gekrönte Stirn — (will sie küssen.)
(mit einem Blick auf Isabella)
Doch nein, verzeiht!
Hier winkt mir eine, die ein Recht mir giebt,
Das mir allein der Lorbeer streitig macht.
(Er küßt Isabella's Stirn.)

Isabella.
So überraschend, mein Gemal —

Herzog (galant).
Dies Wort
Hat meine Dichterin zu rasch gewählt.
Man überrascht nur da, wo man erschreckt,
Und meiner Gattin kann ich unerwartet
Erscheinen, überraschend nie (fixirt sie).

Isabella (lächelnd).
Gewiß!
(für sich)
Ein jedes Wort ist mir ein Tropfen Gift.

Cardinal.
So muß ich sagen, daß ich „unerwartet"
Dein Wort vernehme, das die Dichterin,
Den Lorbeer grüßt, der Dir doch sonst entging.

Francesco (lachend).
Wir sind Barbaren, Herzog, Du und ich.

Bianca (leise).
Begreifst Du ihn?

Francesco (ebenso).
Still, still, laß' ihn gewähren!

Herzog (zum Cardinal).
Sei mir gegrüßt! Und der Du oft mich schaltest,
Sieh' mich bekehrt. Der rauhe Krieger, der
Den Tod zum Handwerk hat, der mit des Lebens
Verrath und Falschheit kämpft, blickt endlich doch
Zu jener Sphäre, wo die Musen wohnen
In makelloser Reinheit, sehnend auf!
Sie täuschen nicht! Madonna Isabella
(galant)
Bezeug' mir, daß ich Dich versteh'n gelernt!

Isabella (zum Cardinal flüsternd).
Wie faff' ich das, Fernando!

Cardinal (ebenso).
Fasse Dich!
Todfeinde sind's, die Deine Blicke prüfen,
Bis Morgen Frist bahnt Dir den Rettungsweg.

Isabella (für sich).
Mein Herz erstarrt!

Herzog
(der sich zu Bianca und Francesco gewendet).
Es schwebt ein blutig' Bild
Von eben erst mir störend vor der Seele.
Willst Du, mein Fürst, mich ganz erheitert seh'n,
So laß' die Musen ihren Zauber üben,
Ein heit'res Lied.

Francesco (winkt).
Musik!

Herzog.
Gemach! Wer wollte
Zu Alltagskünstlern seine Zuflucht nehmen,
Wo die gekrönte Sängerin so nah'.
Gönn', Isabella, mir, als Pfand der Liebe
Ein heit'res Lied!

Isabella.
Ich singen?

Cardinal (leise).
Zög're nicht.

Isabella (verwirrt).
Die Laute —

Bianca.
                    Wenn die meine würdig wäre,
Von Deiner Hand berührt —
            (winkt, ein Page in's Zimmer links).

Francesco.
                    Ha, Bravo, Bravo.
Nehmt Platz, geliebte Freunde!

        Isabella (für sich).
                    Mutter Gottes,
Beschütze ihn und mich!

            Herzog.
                    Lelio!

    Lelio (hinzufliegend, links).
                                    Herr!

    Herzog (ihm in's Ohr flüsternd).
— Casino di San Marco — wenn ich rufe —
        L e l i o ab nach rechts.
(F r a n c e s c o und der C a r d i n a l haben sich indeß rechts niedergesetzt, Francesco äußerst rechts, B i a n c a und der H e r z o g links, H e r z o g äußerst links, Pagen haben einen Sessel in die Mitte geschoben, zu welchem I s a b e l l a tritt.)

            Frescobaldi
        (hat einem Pagen die Laute abgenommen).
Hier ist die Laute! (Zieht sich zurück.)

        Isabella (sitzend, sich fassend).
                    Was beliebt, mein Gatte?

            Herzog.
Was Dir der Stegreif beut; erlauchter Bruder,
Willst Du ein Thema wählen?

            Francesco.
                        Ich, Barbar!
Hier ist der Musen Gönner! (Zeigt auf den Cardinal.)

            Herzog.
                    Sprich, Ernando!

Cardinal (links deutend).

Ich sehe dort am Fries ein Marmorbild
Von Buonarotti's Hand, ein Amor scheint es,
Der frierend klopft an einer Hütte Thor.
Willst Du dies Bild uns wohl im Liede deuten?

Isabella.

Ich will's versuchen —
(Sie präludirt und blickt sinnend zum Bilde auf.)

Herzog
(den Blick auf sie heftend. Für sich.)

Jetzt erprob' ich Dich!

Isabella (improvisirend).

Traue Keiner Amor's Schwüren,
Listig ist der Gott und fein!
Wintersturm schlägt an die Thüren,
Tritt ein Knäblein sacht' herein.
Nackt, die Flügel naß vom Eise,
Halb erstarrt und wimmert leise:
Kann vor Frost mich nicht mehr rühren,
Gieb mir Obdach, laß' mich ein!
Traue Keiner Amor's Schwüren,
Listig ist der Gott und fein!

Herzog (während dessen zu Bianca, halblaut).

Ein lieblich' Bild! Das blut'ge muß ihm weichen.

Bianca.

Welch' blut'ges Bild?

Herzog.

Ein Freund hat mich getäuscht.

Bianca.

Ein Freund!

Herzog.

Dem ich ein heilig' Gut vertraut.

(für sich.) Sie lauscht.

Isabella
(leise, bebend, präludirt.)

Herzog (sie fixirend, lächelnd).

Beherbergst Du den Gott?

Isabella
(mit übermenschlicher Fassung, lächelnd).
Und in Schleier weich und trocken
Hüll' ich das erstarrte Kind,
Streichl' ihm die durchnäßten Locken
Und die Händchen zart und lind.
Heb' es auf in meine Arme,
Drück' es an den Busen fest,
Daß es ganz und gar erwarme,
Was es sich gefallen läßt —

Bianca (dazwischen zum Herzog).
Und der Verräther?

Herzog.
Büßte mit dem Tod!

Isabella (regungslos, für sich).
Ihr ew'gen Mächte!

Herzog (bei dem Wort „gefallen läßt").
Kluger Gott! und dann?

Isabella (lächelnd).
Kaum ein Athem ist zu spüren
Und es thut, als schlief es ein.
Traue Keiner Amor's Schwüren,
Listig ist der Gott und fein.

Bianca (wie oben).
Gerechte Strafe, darf man wissen wer?

Herzog (den Blick auf Isabella bohrend).
Sein Name ist Veniér!

Bianca (springt auf).

Francesco (desgleichen).

Cardinal (flüsternd).
Es gilt Dein Leben!

Isabella
(sieht regungslos und präludirt krampfhaft).

Herzog (für sich).
Nicht eine Wimper zuckt!
(Laut) Nun, schläft der Gott?

Isabella (hat sich erhoben, heiter).
Plötzlich, rasch emporgeflogen,
Nach den Pfeilen greift das Kind:
Laß' doch seh'n, ob meinem Bogen
Ganz erschlafft die Sehnen sind.
Zielt und trifft, in meinem Herzen
Sitzt der Pfeil, es fliegt und —

Herzog (hinausblickend).
Lelio! (Er winkt.)

Dreizehnter Auftritt.
Vorige. Troilo.

Troilo (eintretend).
Mein Fürst —

Isabella
(bei diesem Ton sich wendend, erblickt Troilo, erhebt die Arme,
die Laute entfällt ihr, sie schreit auf mit Jubel).
Troilo! Du lebst!
(Sie sinkt bewußtlos um, Frescobaldi fängt sie in den Armen auf.)

Bianca (bebend, für sich).
Beniér!

Cardinal (erschüttert).
O Gott!

Herzog (für sich, eisern).
Das war dein Todesurtheil!

Francesco
(sieht triumphirend).

Troilo
(sieht erstarrt).

Der Vorhang fällt so rasch als möglich.

Vierter Aufzug.

Palazzo Pitti, Oratorium, kurze Scene, drei Coulissen tief. Seiten=
thüren rechts und links in der dritten Coulisse. Links, erste, ein
vergitterter Beichtstuhl, rechts ein Betschemel vor einem tief in der
Coulisse stehenden Altar, auf demselben ein großes Gebetbuch. Eine
Ampel brennt halbdunkel.

Erster Auftritt.

Troilo
(von rückwärts durch die Thür rechts gedrängt, noch hinter der Scene).
So stürmisch? Mit Gewalt? Ein Hinterhalt!
(Zieht, vorstürzend).
Ein Zettel in die Hand gedrückt? Laß' seh'n!
(Liest beim Schein der Lampe)
„Im Oratorium, im Beichtstuhl harre,
Wenn Du Dich retten willst und mich!" Von wem?
Wag' ich's zu zweifeln? Und wo bin ich hier?
Im Oratorium und dort der Beichtstuhl!
Faßt Euch, Gedanken, denn das Chaos braust
Durch meine Seele! Bin ich dieser Welt
So ganz entrückt, daß ihr Zusammenhang
Unkenntlich wird, und unberechenbar
Der Thaten Grund und Wirkung? Erst — in Siena
Soll mich der Tod erwarten — und der Herzog
Trägt mir die Führung eines Heeres an.
Er heißt mich ihn begleiten — und ich folge —
Man ruft mich in den Fürstensaal, ich höre
Die Stimme, die seraphisch mich durchbebt,
Und leblos seh' ich Isabella sinken!
Der Tod durchzuckt mich, ohne Wahl und Plan,
Dem Eisen gleich, das zum Magnete fliegt,
Will ich zu ihren Füßen niederstürzen:
Da fühl' ich mich von einer Hand gefaßt,
Es flüstert ihren Namen mir in's Ohr,
Es zieht mich fort durch leuchtende Gemächer,

Drängt mich durch eine Thür, zum Schwerte greif' ich,
Und einen Zettel faß' ich, diese Worte;
Ein neues Räthsel: Rette Dich und mich)!
Kommt mir der Ruf von ihr? Soll ich hier weilen?
Ist's eine Falle, die man mir gelegt,
Den einz'gen Freund, den Retter ihr zu rauben?
Was ist gescheh'n? Was birgt der Zukunft Schooß?
Blind ist mein Aug' und planlos schwankt mein Fuß
Und geh'n und bleiben kann von ihr mich trennen.
Ich frage nicht: Wo ist der Weg zum Leben?
Ich frage nur: Wo ist der Weg zu ihr?
Ich will nicht abseits steh'n, wenn die Gefahr
Mit ihren dunkeln Flügeln sie umkreist,
Für was denn soll mir der armsel'ge Rest
Des ird'schen Lebens dienen! Ha, man kommt,
Jetzt bleibt mir keine Wahl mehr, kein Bedenken!
(Tritt in den Beichtstuhl.)

Zweiter Auftritt.

Troilo versteckt. Francesco, Bianca, Pagen mit Girandolen von rechts.

Francesco (ganz gebrochen, wild).

Durch's Oratorium! Ich will's!

Bianca (hat einen Wink gegeben, die Thür wird von außen geschlossen.)
       Mein Fürst,
Was zögerst Du! Du bist erschöpft, Dich drückt
Der schweren Pflicht Erfüllung, geh' zu Bette.

Francesco.
Heiß! Heiß!

Bianca (zu einem Pagen).
    Geschwind, füllt Eis in Kupferbecken
Und kühlt das Lager meines Herren aus.
(Ein Page ab links).

Francesco (haltend).
Wenn mir Veniér entkommt!

Bianca (ihn fortziehend).
        Sei unbesorgt!
Er ist gefangen und entgeht Dir nicht!
(Für sich) Dort hinterm Gitter regt sich's, er ist da!
Mein ist er, mein Rival ist jetzt der Tod!

Francesco.
Gut, gut. Was Isabella anbelangt,
So darf ich auf Giordano bau'n! Bei Gott!
Ein Inquisitor, der uns meistern kann.
Er wird sein Richteramt —

    Bianca (unruhig).
              Komm', komm', zur Ruh'!

    Francesco.
Er führt sie morgen nach Cerreto. Klug!
Was kümmert's uns! Dort ist er Souverain!
So kann ich ruhig schlafen!

    Bianca (führt ihn fort).
              Geb' es Gott!

    Francesco (stehen bleibend).
Wenn nur das Sengen nicht — Ruft nach Bernardo,
Er soll das Salz mir auf die Schläfe legen,
Das rasch verdunstend kühlt! Die Nacht ist lang!
Vielleicht doch schlaf' ich!
    (Zum Altar wankend.)
              Rasch, das Nachtgebet!
Die Litanei genügt! (kniet) ora pro nobis!

    Bianca (nach links gewandt).
Der Boden unter meinen Füßen brennt!
Der Hölle Folterqual —

    Francesco.
              Ora pro nobis!

    Bianca.
Genug, mein Fürst! Zur Ruh'!

    Francesco.
              Nur noch den Spruch,
Den Cosimo, mein Vater, eingezeichnet
Als jedes Tages Schluß! Mir schwindelt! Lies!
    (Giebt ihr das Brevier.)

    Page (leuchtet).

    Bianca (liest).
Ein Tag ist in die Ewigkeit geflossen
Und wer verfolgt die Spur? Nur unf're Thaten
Bezeichnen irdischem Auge seinen Lauf.

Wohl uns, wenn keine Thräne, keine Spur
Vergoss'nen Bluts, kein Makel unf'rer Ehre
Ihn in die Tafel der Geschichte ätzt
Und in den Spiegel unf'res eig'nen Herzens.

Francesco.
Amen. So darf ich sprechen. Dieser Tag,
Und wär' er eingewebt in Titus' Leben,
War kein verlor'ner! Amen! Gute Nacht!
(Ab mit Bianca nach links.)
(Halbdunkel wie zuvor.)

Dritter Auftritt.

Troilo (hervorstürzend).
Verrathen und durch sie! Und morgen, morgen
Fällt Isabella in des Henkers Hand.
Er führt sie nach Cerreto, wo kein Richter
Die Unthat ahndet — ha! ein Hoffnungsstrahl:
Der Richter nicht, der Rächer rettet sie!
(Will ab nach rechts)
Die Thür verschlossen, nun ihr Sehnen, prüft,
Was der Verzweiflung trotze!

Vierter Auftritt.

Troilo. Bianca von links, einen schwarzen Schleier umgeworfen.

Bianca (leise, rasch).
Troilo!

Troilo.
Wer ruft? Ha, Du!

Bianca (wie oben).
Was thust Du, Rasender?

Troilo.
Nun, wenn ich rase — (zieht).

Bianca (ruhig).
Triff mich! immerzu,
Wie Du den Bruder triffst.

Troilo.
Verrätherin!

Bianca.
Das bin ich, ja!

Troilo (den Zettel ihr hinschleudernd).
Die Botschaft kam von Dir?

Bianca.
Von mir.

Troilo (wüthend).
Das wagst Du noch —

Bianca.
Ich hab's gewagt
Mit meines Lebens Einsatz — für das Deine —

Troilo.
Das Du vernichten willst!

Bianca.
O daß ich's könnte!
Ich kann es nicht, und das ist mein Verderben!
Als Du in Rom mich lästertest, da hielt ich
Dein Leben in der Hand, wie einen Falter,
Den man mit eines Fingers Ruck zerdrückt;
Nicht so viel Kraft besaß ich wider Dich.
Als Du vor ihr mich Sumpf und Moder schaltest,
Als Stolz und Neid und Eifersucht mein Herz
Aufstachelten zu flammender Empörung,
Zog ich die Schlinge zu, die Euch gefaßt.
Ich war's, die Euch dem Fürsten, Euch dem Gatten
Verrieth, und nun Du reif für meine Rache,
Muß ich, o Fluch, mit meinem eig'nen Leben
Das Deine, Unglückseliger, erretten
Und lieber sterben, als Dich sterben seh'n!

Troilo (entsetzt).
Das thatest Du?

Bianca (gesteigert).
Das that ich. Tödte mich!
Nur Deine Mörderin laß' mich nicht sein!
Die ganze Welt, vergiften kann ich sie,
Nur Dich, o qualvoll' Räthsel! muß ich lieben!
Ich liebte Dich in meiner Reue Thränen,
In meiner Träume Qualen lieb' ich Dich.

Mit eitlem Tand wollt' ich die Glut ersticken,
Da sah ich Dich und lodernd schlug sie auf,
Gefacht von Furien der Eifersucht.
Und jetzt, wo über Deinem Haupt und ihrem
Das Henkerschwert an einem Faden zittert,
Muß ich Dich retten oder mit Dir sterben,
So lieb' ich Dich! (Sie will auf ihn zu.)
               Troilo (stößt sie zurück).
                       Zurück! Dein Hauch ist Lüge!
               Bianca (mit wachsender Gluth).
Ja, Lüge, Lüge war mein ganzes Leben,
Nur Eins ist Wahrheit, Eins, daß ich Dich liebe!
Glaubst Du nicht meinen Worten, gut, so glaube
Dem Zucken meines Herzens, glaub' dem Wahnsinn,
Der Alles opfert, Alles, und für Dich!
Ich will ja nicht, daß Du mich lieben sollst,
Nur folgen sollst Du mir, daß ich Dich rette!
Denn ohne mich ist jeder Ausgang Tod!
               Troilo.
Er sei willkommen, weil er ohne Dich!
               Bianca.
Halt ein! Wohin? Zu ihr? Du willst sie warnen?
Du willst sie retten? Eitler Wahn! Gewogen
Ist Euer Schicksal von zwei schlauen Krämern,
Orsini dort, hier Medici. Dein Leben,
Das ich erbettle um den Preis des meinen,
Ist eine Spanne, und für diese Spanne
Werf' ich den Purpur hin, das Diadem,
Und mit der Zukunft, die ich Dir erkaufe,
Zahl' ich die Schulden der Vergangenheit.
Kannst Du noch wählen, schwanken? Troilo!
Ich biete Dir das Leben, sie den Tod —
Den Tod! Betracht' ihn wohl, er heißt Vernichtung!
Entflieh' ihm, faß' des Lebens armen Rest,
Mit meinem Reichthum will ich ihn vergolden!
Ich will Dich lieben, wie kein Weib geliebt,
Will sühnen, büßen, wie kein Weib gebüßt,
Vergib, wie Gott der Sündigen vergab,
Mit meinen Thränen salb' ich Deine Füße
Und trockne sie mit meinen Haaren ab.
               (Sie sinkt aufgelöst vor ihn hin).

Troilo.
Hinweg, nicht mein ist meines Lebens Rest,
Er eignet ihr, die mir das Leben gab!
Verrathen hast Du sie? Das kannst Du nicht,
Denn nie errathen konntet Ihr dies Herz,
Das Ihr mit der Gemeinheit Maß gemessen!
Ihr könnt sie morden! Nun, versucht's! Ich wage
Den Kampf mit Dir und Deinen Helfershelfern,
Und unterlieg' ich, sterb' ich doch mit ihr!
Du nennst den Tod Vernichtung — ich Vereinung,
Und vor dem Leben, das Du bieten kannst,
Faßt Ekel mich, wie vor Dir selbst. Gieb Raum,
Daß nicht mein Fuß Dich aus dem Wege schleud're
Dem Wurm gleich, den man nicht zertreten will.

Bianca (sich wild erhebend).
Versuch's und reiß' Dich los, ich tödte Dich
Und folg' Dir nach bis in die Ewigkeit!
Das Gift der Medici zeigt mir den Weg!

Troilo.
Dich kann das Gift, Dich kann der Haß nicht tödten,
Du bist gestählt für Mithridat'sche Kost!
Dich muß die Liebe tödten! Dies mein Fluch!
Erkenne sie, die Dich auf ewig flieht.
In ungestillter Sehnsucht welke hin,
Und wo Du schmachtend um ihr Labsal bettelst,
Sei Dir des Hasses gift'ger Kelch gereicht.
Im Purpurmantel ein verwaistes Herz!
Das sei der Lohn für Deines Lebens Lüge!
Und nun, wink' Deinen Häschern! Laß' mich morden!
(Er stürzt auf das Eingangsthor rechts, das er aufreißt.)

Bianca
(macht eine rasche Bewegung nach links, winkend, hält ein, zusammenbrechend).
Umsonst! Der Fluch erfüllt sich! Troilo!
(Sie hebt die Arme jammernd nach ihm auf und wankt ab nach links.)

Verwandlung.
Schloß der Herzogin wie im zweiten Akt, Vorsaal. Renaissance.
Seitenthüren rechts und links in der vierten Coulisse, Mittelthür
die zu einem Balkon führt; eine sternförmige Ampel, angezündet.
Scene mäßig beleuchtet. Links Vordergrund ein Ruhebett. (NB. Dieses,
sowie Beichtstuhl und Altar der ersten Scene zum Vorschieben gerichtet.)

Fünfter Auftritt.

Diener mit Wachsfackeln öffnen die Thür rechts, eintreten: Der Herzog, Isabella, in einem langen Schleiermantel, Frescobaldi.

Herzog.
Du fühlst Dich wohler? Eine ruh'ge Nacht
Läßt Dich die leichte Ohnmacht bald vergessen,
Die in des Festes Wirbel Dich ergriff.
Letizia, Ihr steht mir dafür ein,
Daß nichts den Schlummer Eurer Herrin störe!

Letizia
(verbeugt sich, ab nach links).

Isabella.
Nun endlich, mein Gemal, wir sind allein!
(wirft den Schleier ab.)

Herzog.
Allein! (plötzlich galant) Die tiefste Stille thut Dir noth!
Ich werde selbst dem Gastrecht heut' entsagen,
Um durch Geschäfte, die mich früh erheischen,
Dich nicht zu wecken aus dem Morgentraum.
Nun, gute Nacht.

Isabella (ihn zurückhaltend).
Giordano!

Herzog (sich besinnend).
Noch ein Wort —

Isabella.
Du schuldest mir's. Erkläre mir —

Herzog (kalt).
Erklären?
Was hätten wir einander zu erklären?

Isabella.
Ich dächte wohl genug! Laß' mich beginnen,
Erlöse mich von dieses Schweigens Folter
Und laß' es klar sein zwischen Dir und mir.
Du hast mich überrascht gesehn, erschüttert —

Herzog.
Es weht Sciroccoluft,¹) die ihre Wirkung
Auf zartbesaitete Naturen übt.
Verwirrte Bilder, doppeltes Gesicht,
Wer kann des Nervenbau's Geheimniß lösen?
Ein frischer Hauch und Alles klärt sich auf.

Isabella
(starrt ihn an).

Herzog (zutraulich).
Es ist die Arnoluft. D'rum denk' ich Morgen
Nach unserm Schloß Cerreto Dich zu führen,
Das kühl beschattet liegt von grünen Eichen.
Du liebst den Ort, wir feierten — mich dünkt
Vier Jahre sind's — dort unsern Honigmond.

Isabella (verloren).
Vier Jahre sind's —

Herzog.
So ruhe denn, und Morgen,
Sobald der Mittagssonne Glut gemildert,
Bereite Dich zur Fahrt.

Isabella.
Wie Du befiehlst.
(Für sich) Ich faß' ihn nicht! (rasch) Laß' mich Dir, eh'
wir scheiden —

Herzog.
Wer spricht von Scheiden? Alles, was Du willst,
Doch Morgen, wenn wir in Cerreto sind.
Dort werden bald sich alle Zweifel lösen.

Sechster Auftritt.
Die Vorigen. Lelio von rechts.

Lelio.
Des Cardinals Fernando Eminenz!

Isabella (freudig).
Fernando!

---

¹) Sprich: Schirocco.

Herzog.
Sag', daß wir der Ruhe pflegen
Und Morgen in Cerreto sind.

Lelio.
       Er hat
Für diesen Fall dies Buch mir eingehändigt,
Das Seine Heiligkeit mit ihrem Segen
Madonna Isabella übersendet.

Herzog (rasch).
Gieb! (betrachtet es.)
Ein Brevier! (reicht es Isabella)
Noch einmal, gute Nacht!

Isabella
(mit einem scheuen Blick auf den Herzog ab, links).

Herzog (zu Lelio).
Die tiefste Stille! Wenn ein Schritt, ein Laut
Die Ruhe stört, so zahlst Du's mit dem Kopf!
(ab nach rechts.)

Siebenter Auftritt.

Lelio (allein).
Das war der Blick, an dem ich ihn erkenne,
Und unbegreiflich nur ist jene Milde
Die wie Gewitterschwüle drückt. O Gott!
Ich seh' den Blitz auf ihre Häupter zucken
Und kann nichts thun für den geliebten Freund,
Könnt' ich's, mein Leben setzt' ich ein für ihn!
Wie schwül ist's hier.
(öffnet die Balkonthür)
      Still, daß kein Tritt sie störe!
(ab nach rechts).

Pause.

Achter Auftritt.
Isabella, im Nachtkleid, von links.

Isabella.
Ich kann nicht rasten! Die Gedanken schwärmen
In wirbelnden Kreisen schwindelnd um mich her,
Und tausend Fragen schreien laut nach Antwort —
Und lautlos Schweigen brütet rings umher!

(einen Schritt gegen den Balken)
Horch da! Ein Wagen rollt — Fernando scheidet,
Mein letzter Rettungsengel rauscht dahin!
(tritt vor bis zum Ruhebett)
Fort, nach Cerreto! Mich beschleicht ein Grau'n
Vor jener glatten Henkerfreundlichkeit,
Die jede Bitte, das Geständniß selbst
Gleichgiltig lächelnd in die Lüfte schlug.
„Dort werden bald sich alle Zweifel lösen!"
Und zweifelt er? Wozu das schnöde Spiel
Das mich mit Todesqualen erst gefoltert
Und dann im Aufschrei wonnigen Erschreckens
Mir mein Geheimniß aus der Seele stahl?
Geheimniß? Nein, er ahnte, und durch wen?
(vorstürzend, bewegt)
Ha blinde Sinne fragt ihr noch? Durch sie!
Sie war's, die jene unglückselg'ge Stunde
Belauschte, die mich, weh' mir! Zur Genossin
Zur Sclavin der Verworfenen gemacht.
Gemalt mit ihrer Sinne eklen Farben
Stand ich vor seinem Aug' — als — Buhlerin —
(schaudernd)
Oh! — mich durchschauderts! Wär' es so? So ist's.
(Wilder)
Und deshalb hätte ich den süßen Trieb,
Der tausend Blüthen schlug in einer Stunde
Im Keim geknickt? Und deshalb, mein Geliebter,
Dich ringen seh'n mit qualzerfleischtem Herzen
Und Dir des Scheidens Opferkelch kredenzt?
Den Himmel opfern, um verdammt zu sein!
Du, den die Liebe mir entgegentrug
Wie einen gold'nen Spiegel meiner Seele,
Wo bist Du, Troilo, mein einz'ger Freund!
Wir sollen sterben, nein, wir wollen leben!
(erbebend)
Wo irr' ich hin, Das Blut der Medici
In meinen Adern stürmt! Schütz' mich Madonna!
(sie sinkt an dem Ruhebett stürmisch in die Knie)
Ha mein Brevier! Fernando's letzte Gabe,
(Zieht es hervor.)

Ich kann nicht, nein, verschlossen ist der Himmel
Wie dieses Buch; was ich erflehen möchte
Ist, weh' mir! was er nicht gewähren darf.
(Ringend)
O laßt mich ihn vergessen, ew'ge Mächte!
(sich erhebend)
Vergessen? Nein! Nur daß ich mich vergesse,
Das duldet nicht, stählt dies bewegte Herz
Zum letzten Kampf und laßt mich), mich allein
Das Opfer sein für diesen Traum der Liebe.
(Wendet sich zum Abgehen)
Horch! Was ist das? Es regt sich in den Zweigen,
Es faßt das Gitter — hebt sich — Troilo —
Unsinniger! Was wagst Du?

Neunter Auftritt.

Isabella, Troilo über das Balkongitter sich schwingend, vorstürzend.

Troilo.
Nichts, das Leben!

Isabella
(steht zwischen Glück und Furcht, bald ihn betrachtend, bald ängstlich spähend, mit bewegtem Busen).

Troilo.
Ein Gott hat mir den Weg zu Dir gezeigt
Den letzten Weg aus Deiner Mörder Schlingen.

Isabella.
Der Mörder? sagst Du?

Troilo.
Höre mich Madonna,
Die Augenblicke fliehen und die Körnlein
In Deines Lebens Sanduhr sind gezählt.
Der Herzog führt Dich Morgen nach Cerreto!

Isabella.
So sprach er eben, und Du weißt —

Troilo.
Den Plan
Den teuflisch ausgesonnen, dort ist er
Sein höchster Richter — und er richtet Dich.

Isabella
(zuckt zusammen, dann gefaßt).

Das wird er nicht! ich bin ein fürstlich Haupt,
Europens Könige sind mir verwandt,
Mein eig'ner Bruder —

Troilo.
Ist's, der Dich verrieth
Und Dich des Henkers Willkühr preisgegeben.

Isabella (erbleichend).
Verloren! (innig) Aber Du —

Troilo (glühend).
Ich lebe noch! Und Du,
Du darfst nicht zittern, wenn dies Herz noch schlägt,
Du, Du mein zehnfach Ich, mein einzig Leben!
(hinausdeutend)
Frei ist der Weg und Lelio ist mir treu
Er läßt sein Leben, eh' er uns gefährdet,
Drei Miglien[1]) ferne in Peretola
Steht Piccolomini mit seiner Schaar.
Wir werfen uns ihm in den Arm und fruchtlos
Nach ihrem Opfer suchen Deine Häscher.
Und wenn sie uns verfolgen — nun wohlan
So werden Räuber gegen Mörder kämpfen.

Isabella.
Entsetzlich!

Troilo (gesteigert).
Was kann noch entsetzlich sein,
Wenn dieses heil'ge Haupt der Mord bedroht?
Wenn ungehört der Gatte Dich verdammt,
Und wenn der Bruder selbst das Richtbeil schleift
Und am Altar dafür den Ew'gen preist?
Zerrissen sind die Bande der Natur.
(glühend)
Frei bist Du nun und mein, Ja! Du bist mein.
Verzweifeln müßt' ich, hätte mich ein Gott
Auf Deine lichte Lebensbahn geführt
Dein wundervolles Sein nur zu zerstören.

[1]) Sprich: Milien.

Nein, es zu retten fühl' ich mich gesandt,
Ein neues Leben ruft Dich, Deiner werth,
Du sollst erkannt, geliebt, vergöttert sein!
Du bebst? Du schwankst?
    Isabella (die kämpfend stand).
       O nein! ich schwanke nicht.
    Troilo.
Du folgst mir?
    Isabella.
    Nimmermehr, was auch mein Los.
    Troilo.
Dein Los? Du kennst es!
    Isabella.
      Wohl! Auch meine Pflicht.
    Troilo.
Pflicht gegen Jenen, der Dich richten will?

    Isabella.
Er kann mich morden, aber richten nicht,
Denn keiner ird'schen Schuld bin ich verfallen,
Des Herzens stilles Walten richte Gott!
Er hat an diesem Scheidepunkt des Lebens
Die Nebel nied'rer Furcht von mir gehoben
Und sonnenklar erblick' ich was mir ziemt.
Mit Dir entflieh'n hieß uns're reine Liebe
Mit ihres Sinnes schmutz'gem Stempel fälschen,
Der Sieg sei unsern Feinden nicht gegönnt
Nein, Troilo, wenn uns're Herzen kreisen
Um Sonnenfernen höher als die ihren,
Laß' uns nicht sinken in den niedern Staub,
Laß' uns nicht enden da, wo sie begonnen.
Wir fanden uns im Reich des Ideals.
Wenn dieses Leben seine Grenze wäre,
Was hätt' es an Unsterblichkeit voraus?
Leb' wohl, auf Wiederseh'n!
    (Sie verhüllt sich und wendet sich.)
    Troilo (niedersinkend).
         O Isabella
Auf meinen Knieen bet' ich auf zu Dir
Und doch, je höher Du die Flügel hebst

Um desto glühender umklammr' ich sie,
Und nicht mehr für mich selbst nur für die Erde
Festhalten will ich noch Dein schönes Leben!
O wüßtest Du, was mir im Herzen tobt!

Isabella (stehen bleibend).
Ich weiß es wohl, kein Sieg ist ohne Kampf!
Auch Du wirst siegen. Rette Dich und lebe,
Denn keine Pflicht verbietet Dir die Flucht.
Leb' wohl! (tief innig)
  Ich preise Gott, daß ich Dich fand;
Und ist's sein Wille, daß ich ende, wie
Lucrezia, meine unglückfel'ge Schwester,
Sei, um wie viel ich weniger gefehlt,
Um so viel mehr des Glückes und des Segens
Auf Dein geliebtes Haupt herabgesenkt.
  (beugt sich zu ihm)
Laß' mich noch einmal auf die Stirn' Dich küssen,
Wie ein verklärter Geist im Traum uns küßt,
Geliebter meiner Seele! Lebe wohl!
  (rasch ab nach links).

Zehnter Auftritt.
Troilo allein.

Troilo (aufspringend).
Und riefst Du mir mit tausend Engelzungen
Den Abschiedsgruß, ich gebe Dich nicht preis,
So lang den Arm noch eine Sehne spannt.
Du willst dem Mörder folgen? wohl, so folg' ihm!
Doch aus den Trümmern von Cerreto trag' ich
Und über seine Leiche Dich davon.
Nicht Dein Geliebter mehr, Dein Bruder naht,
Und mit den Räubern, mit den Rächer=Schaaren
Zieh'n Gottes Engel zur Erlösungsthat!
  (er stürzt ab gegen den Balkon).

Der Vorhang fällt.

Fünfter Aufzug.

Cerreto, geschlossenes Gemach an Holzgetäfer mit eingesetzten alten dunkeln Bildern. Schwere Holzdecke. Mittelthür, Seitenthür rechts, links Eingang in Isabella's Schlafgemach, Alkovenartig. Rechts erste Coulisse Flügelthür, die zu einer Terrasse führt. Links Tisch, schweres Holzsopha mit dunkeln Sammtpolstern, Sessel, Rechts Tisch und Sessel. Gegen Abend, heftiger Wind.

Erster Auftritt.

Isabella sitzt rechts, den Arm auf den Tisch gestützt in einen Schleier gehüllt. Frescobaldi links, Reiseeffecten ordnend. Auf dem Tisch links liegt die Laute mit dem Lorbeerkranz.

Frescobaldi.
Nun, Gott sei Dank! Daß wir das Schloß erreicht,
Bevor der Sturm entfesselt, den die Schwüle
Des heut'gen Tages ausgebrütet hat.
Halb todt vor Angst saß ich in unf'rer Barke,
Die in des Arno wilden Wogen schwankte,
Und wenn der Herzog nicht mit nerv'gem Arm
Zum Ruder griff und sicher, wie ein Charon,
Uns steuerte, so war's um uns gescheh'n.

Isabella (vor sich hin).
Ein Charon, ja! Er weiß, wohin er steuert!
(scheu umherblickend)
Wo ist er?

Frescobaldi.
Mit dem grauen Castellan
Hält er im Rüstsaal Umschau unter Waffen,
Als gält's das Schloß vor Feinden zu verschanzen.
Und mir befahl er, Dir in's Schlafgemach
Zu folgen und Gesellschaft Dir zu leisten,
Doch nur bis Abends, wo ich seiner Sorge
Die holde Gattin überlassen müsse.
Und das sprach er vertraulich, fast verschämt,
Gleich einem Freier an dem Hochzeitstag.

Isabella
(läßt den Kopf auf den Arm fallen).

Frescobaldi.
Was hast Du, Herrin?

Isabella.
Nichts! (Pause.)

Frescobaldi.
Unheimlich ist's
In diesem öden Schloß. Statt milder Kühle
Weht frost'ger Nordwind durch die alten Eichen.
Zerstreue Dich. Sieh' her! An Alles dacht' ich,
Die Laute bracht' ich mit und auch den Kranz,
Mit dem geschmückt sie hing, sie ruft in Dir
Gewiß Erinn'rung schön'rer Stunden wach!
(reicht ihr die Laute, um welche der Lorbeer geschlungen ist.)

Isabella
(betrachtet sie lang und legt sie auf den Tisch nieder).
Ich danke Dir! Lös' mir den Schleier ab.

Frescobaldi
(heftet den Schleier los, die Locken fallen aufgelöst herab).
Das reiche Haar!

Isabella
(stützt den Kopf auf die Hand).

Frescobaldi.
Was sinnst Du, hohe Frau?

Isabella
(vor sich hinstarrend).
Du hast gewiß Lucrezia, meine Schwester,
Gekannt?

Frescobaldi.
Ob ich sie kannte! So wie Dich!
Eh' sie dem Herzog von Toledo folgte,
Hab' ihr die dunkeln Locken oft gestreichelt,
So wie jetzt Dir!

Isabella.
Mich überläuft ein Schauder!
Was sprach man, als sie starb?

Frescobaldi.
Ein Schlagfluß, hieß es,
Raubt' ihr das Leben. In derselben Nacht
Starb auch der schöne Graf von Antinori.
(Es dunkelt.)
Isabella
(aufspringend, tief athmend).
Licht!

Frescobaldi.
Augenblicklich!
(ab nach rechts.)
Isabella.
Wie die Decke drückt,
Als würde sie von unsichtbaren Händen
Auf mich herabgeschraubt, mich zu zermalmen.

Frescobaldi
(kommt mit einem Armleuchter und setzt in auf den Tisch links).
Madonna, soll ich — —

Isabella.
Nichts! Es sinkt die Nacht,
Folg' dem Befehl und laß' mich mit meinem Gatten!

Frescobaldi (unbefangen).
Leb' wohl, geliebte Herrin, ruhe sanft!
(ab nach rechts.)

Zweiter Auftritt.

Isabella (allein am Tisch links).
Ruh' sanft! Wo ist mein Muth? Ha, Schreckensblick
In's eig'ne Grab hinab! (wild) Muß ich denn sterben!
Und schuldlos sterben! Schuldlos? Wie? So kühn
Wag' ich dies Wort? Bin ich denn frei von Schuld?
Daß ich des Herzens stürm'schen Trieb gefolgt,
Ist's Sünde? Daß ich fühle, wie ich fühle,
Ist's meine Wahl? — Das ist mein Urtheilsspruch:
Wer sich den Weg nicht selbst mehr wählen kann,
Der hat auch für das Ziel nicht mehr die Wahl.
Ja, als die Angst um ihn das Siegel brach,
Das Pflicht und Sitte auf mein Herz gelegt;

Da war die Wahl verloren und die Bahn,
Und jenes Dämons Macht war ich verfallen,
Der mich nun zerrt und zerrt bis in mein Grab!
O Gott! vergieb, jetzt kann ich zu Dir beten,
Denn was ich jetzt erflehe, steht bei Dir.
(Niederknieend)
Verzeihung für die Schuld, die sich bekennt!
O mein Fernando jetzt versteh' ich Dich
Und Deine letzte Gabe —
(Sie zieht das Brevier hervor)
Ew'ge Mächte!
Was seh' ich! Zwischen der Gebete Zeilen
Geschrieb'ne Zeichen, Worte, irrer Blick,
Fest, sammle sie — vielleicht ein Rettungswort —
(liest bebend)
„Gelingt es mir nicht mehr zu Dir zu bringen,
So zeigt Dir dieses Buch — den Weg — zu mir —
(holt tief Athem)
Bei Deiner Amme, am Ponte Carraja
Erwartet Dich mein sicheres Geleit,
Und führt Dich nach Livorno, wo ein Schiff
Nach Frankreich Dich" — —
Weh' mir, zu spät, zu spät,
Ja gestern noch, Fernando, heut nicht mehr!
(reißt das Blatt heraus)
Mein letzter Rettungsfaden, werde Asche!
(sie verbrennt es)
(rasch)
Und wenn ich flöhe, jetzt, die Nacht ist dunkel
Wer zeigt den Weg mir zum Ponte Carraja!
Wenn ich dort, durch den Park und weiter — weiter.
(Sie reißt den Vorhang auf, der Wind schlägt die Thüren der
Altane auf)
Es heult der Sturm, ist denn kein Engel wach.
Allmächtiger! Wer naht dort — Lelio!

Dritter Auftritt.

Jsabella. Lelio in einem Mantel, baarhaupt mit verwehtem
Haar von der Terrasse.

Lelio.

Madonna!

Isabella (spähend).
Still!

Lelio.
Mich sendet Troilo!

Isabella.
Sprich leise,

Lelio.
In den nächsten Augenblicken
Naht er mit seiner Schaar — er führt Dich nach

Isabella (rasch).
Ponte Carraja! — Ah!

Lelio.
Wohin Du willst!
Die Botschaft sandt' er! (zieht eine Schreibtafel und Griffel
hervor) Füg' Dein Ja hinzu:
Ein Licht am Fenster zeig' ihm wo Du bist —
(er setzt den Leuchter auf den Tisch rechts)
Du zögerst —

Isabella.
Nein! (sie schreibt).

Lelio (den Mantel abnehmend).
Am besten folgst Du gleich —
Ich berge Dich —

Isabella.
Zu spät, sie nahen, fort!
(drängt ihn hinaus und schließt)
Nun ew'ge Vorsicht walte. Ha Giordano!
(sie sinkt in den Sessel, hinausstarrend).

Vierter Auftritt.
Isabella. Der Herzog. Der Castellan durch die Mitte.

Herzog (zum Castellan im Hintergrund).
Das Thor besetzt. Wenn von der Räuberschaar
Sich Einer zeigt, antwortest Du durch Feuer!
Niemand verläßt das Schloß, niemand tritt ein,
Nur wenn der Cardinal Fernando Morgen
Nach uns begehrt, soll er willkommen sein.

Castellan.
Nach Eurer Hoheit Auftrag. (Geht.)
Herzog (ruft).
Titta!
Castellan (bleibt stehen).
Herzog.
Was
Dir je verdächtig, melde!
Castellan.
Zu Befehl (ab).

Fünfter Auftritt.
Herzog. Isabella.

Herzog (vortretend links).
Ein schneidend Weh' durchzittert mir das Herz,
Das in Lepantos Schlacht um keinen Schlag
Mehr oder wen'ger zählte. Muß es sein?
So viel an Jugend, Reiz und Geistesadel
Vernichten! Unwillführlich bebt die Hand,
Die ein bewundert Meisterbild zerreißt.
Sprich lauter, meine Ehre! — Isabella!

Isabella
(steht auf, die Saiten der Laute, auf der ihre Hand ruhte, ertönen, als der Herzog ihr naht, weicht sie langsam nach links).
Herzog.
Du fliehst vor mir?
Isabella (tief athmend).
Nicht mehr! Mach' nun ein Ende,
Gieb auf das schnöde Spiel, mich täuschst Du nicht,
Ich weiß, weshalb wir in Cerreto sind
Und wehrlos beug' ich mich vor meinem Richter,
Ein höh'rer waltet über mir und ihm.
Laß' mich zu ihm mich flüchten, eh' Du handelst!
Vergönne mir vor dem Caplan des Schlosses
Der Beichte Trost.

Herzog.
Dein Beichtiger bin ich.
(Pause.)
Bekennst Du Deine Schuld?

Isabella.
                    Ja, mein Gemal.
Herzog.
Du hast der Ehe Sakrament entweiht?
              Isabella.
Durch keine That hab' ich die Treu' gebrochen,
Nur meines Herzens Regung klag' ich an,
Die einen Augenblick die Pflicht bemeistert
Und mein Geheimniß frevelnd offenbart.
                 Herzog.
Und dieser eine Augenblick genügt,
Das Brandmal meiner Ehre aufzudrücken
Und meinen Namen, rein wie Diamant,
Zu Spott und Spiel dem Pöbel hinzuwerfen.
Wenn Bänkelsänger und Novellenschreiber
Für einen lächerlich betrogenen Gatten
Den Namen suchen — heißt er wohl Orsini!
Und dafür hat das Feuer von Lepanto
Und zwanzig blut'ger Schlachten mich gespart!
O Isabella! Das ist mehr als Tod!
Das tausendjähr'ge Wappen meiner Väter
Hat dieser Augenblick entehrt, zerschlagen.
Und Du — und Du, die auf dem Capitol
Italiens Frauenehre stolz vertrat,
Vertauschst im Mund des Volkes nun den Namen,
Die Dichterin heißt nun — die Buhlerin!
              Isabella
             (sich aufrichtend).
Das ist zu viel! Und klag' ich selbst mich an,
So meß' ich mit dem Maße meines Herzens;
Doch für den Maßstab des gemeinen Sinns
Nicht eine Linie geb' ich preis der Schuld!
Die Seele nur war Troilo geweiht
Und meine Seele richtet Gott allein!
                Herzog.
Glaubst Du? Und als Du mir die Treue schwurst,
Gabst Du mir nur den seelenlosen Leib?
Die nied're Menge mag die Maße sondern,
Dich aber frag' ich, Priesterin der Muse,
Dich, welcher Treubruch ist der größere?
Du zweifelst?

Isabella.
Nein, ich selbst verdamme mich!
(sie stürzt zu seinen Füßen nieder)
Laß' mich den Frevel sühnen — und vergieb!

Herzog (für sich).
Mein Herz erbebt und meine Kraft erlahmt.
(Pause.)

Isabella (unter Thränen).
Wenn Du die Seele, die sich Dir verpfändet,
Mit einem milden Gruße angezogen
Und das verwöhnte liebbedürft'ge Herz
Mit einem Hauche Dir befreundet hätteft,
Es hätte nie ein and'res Ziel gesucht.
Du selbst entrücktest starr Dich und verneinend
Der schönen Welt, in der ich träumend lebte
Und wie im Traum ihn fand, der mich verstand.
So ging ich irr', und auf des Herzens Bahnen
Giebt's keinen Rückweg!

Herzog (bewegt).
Keinen? Wirklich keinen? —
Pause. (Schritte hörbar).

Herzog.
Horch, was ist das?

Isabella (springt auf, reißt den Vorhang am Balkone zu, und setzt zitternd den Leuchter auf den Tisch links).

Herzog.
Was thust Du? Isabella.
(Es klopft.)
Wer naht? Du Titta?

Sechster Auftritt.
Vorige. Titta.

Titta.
(Leise) Hoheit auf ein Wort.
Man hat den Pagen Lelio gefaßt
Als er des Parkes Mauern überklomm
Und dieses Blatt auf seiner Brust gefunden.

Herzog (blickt hinein).
Flucht — Troilo, ein Licht am Fenster — Ja
Von ihrer eig'nen Hand. (Steht erstarrt.)
Titta!

Titta.
                Gebieter!

Herzog (bebend).
Es will ein Dieb in dies Gemach sich schleichen, —
Laß' ihn gewähren. — Hörst Du?
(Titta ab.)

Siebenter Auftritt.
Herzog. Isabella.

Isabella
(hat das Blatt erblickt und ist todtenbleich an's Fenster geeilt, sich an den Sessel haltend).

Herzog
(tritt an den Tisch links, marmorbleich).
                                Keine Rückkehr!
(Pause.)
        Herzog (tonlos).
Komm'! es ist Schlafenszeit.

Isabella (fährt sich in die Haare).
                Giordano!

Herzog
                        Was?

Isabella
Nur noch Ein Wort —

Herzog.
        Sag' es dem ew'gen Richter!

Isabella (resignirt).
Es sei! laß' mich zu Nacht erst beten.

Herzog.
                Bete!

Isabella (kreuzt die Arme betend).

Vergieb, wie wir vergeben!
(Sie tritt rasch zum Balkon, öffnend.)

Herzog
(faßt mit der Rechten den Armleuchter, mit der Linken Isabella).

Was beginnst Du?

Isabella.
Ein Blick noch auf die Erde! (sie reißt ein Lorbeerreis aus dem Kranz, küßt es und läßt es hinausfliegen).

Lebewohl!

Herzog
(setzt den Leuchter auf den Tisch rechts und führt Isabella in das Schlafgemach, dessen Vorhang zufällt).

(Pause.)
(Es klopft an die Mittelthür.)
(Pause.)

Titta's Stimme.
Des Cardinals Fernando Eminenz —
(Pause.)
Schritte verhallen.

Achter Auftritt.

Troilo von der Terrasse, dann Herzog.

Troilo
Kein Wort von ihr, doch dieses Licht giebt Antwort.
Still, alles leer — horch, was ist das, ein Seufzer?
Nein, nur ein Windhauch. Dort ihr Schlafgemach
Wag' ich's hineinzutreten? — Ha, Giordano!

Herzog (entstellt, mit tonloser Stimme).
Dein Liebchen willst Du holen!
(Deutet auf die Thür.)
Nimm' sie hin!

Troilo
(stürzt gegen die Thür und taumelt bis zum Vordergrund).
Ha!

Herzog (tonlos).
Du kämpftest einst für dieses Weibes Ehre,
Und ihre Ehre hast Du selbst entwandt,
Ich habe selbst die Gattin Dir vertraut
Und habe selbst vor Dir sie nun beschützt.
(Rasend.)
Zieh'! Einer von uns beiden folgt ihr jetzt.

Trollo (aufspringend, ziehend).
Ja einer von uns beiden!
(Wirft den Degen fort, zieht den Dolch und ersticht sich)
Aber ich.
Du willst uns scheiden — Du vereinigst uns,
Nicht einen Augenblick soll sie vergebens
Des Freundes auf dem Weg zum Jenseits harren,
Du aber leb' und fühl's mit Neid, Du hast
Die Liebenden getödtet, nicht die Liebe!
(Wankt gegen das Cabinet und sinkt an der Schwelle nieder.)

Stimme des Cardinals.
Im Namen des Großherzogs von Toscana!

Letzter Auftritt.
Herzog. Cardinal.

Cardinal.
Giordano!

Herzog (rechts).
Was begehrst Du?

Cardinal.
Meine Schwester?

Herzog (eisern).
Du kommst zu spät, der Richtspruch ist vollzogen.

Cardinal (hineinblickend).
O unglückseI'ges Haus der Medici!
Vor einer Stunde starb Francesco.

Herzog.
Wohl,
So bist Du Herrscher! Hier bin ich es auch.
Ich hab' gethan, was meine Ehre heischt,
Mein eig'nes Leben hab' ich mit vernichtet,
Der Rest gehört den Sarazenen-Schwertern.

Cardinal.
Daß doch die derbe Menschenhand so schwer
Die feinen Fäden der Empfindung löst!
Des Herzens Recht und Pflicht, sie sind — ein Räthsel!
(Den Kranz erblickend und fassend)
Sieh da! Ihr Lorbeerkranz (ihn senkend)
            Auf Eure Bahre!

Der Vorhang fällt.

Ende.

Selbstverlag des Verfassers.
Aus J. B. Wallishauffer's k. k. Hoftheater-Druckerei.